ERWACHSENE

ELI-Lektüren: Texte fü
Alters. Von spannenden und aktuellen Geschichten bis hin zur zeitlosen Größe der Klassiker. Eine redaktionell anspruchsvolle Bearbeitung, ein klares didaktisches Konzept und ansprechende Illustrationen begleiten den Leser durch die Geschichten. So lernt man Deutsch wie von selbst!

FSC
www.fsc.org
MIX
Papier aus verantwortungsvollen Quellen
FSC™ C127663

Die FSC™-Zertifizierung garantiert, dass das für diese Veröffentlichung verwendete Papier aus zertifizierten Wäldern stammt und damit weltweit eine verantwortungsvolle Forstwirtschaft unterstützt.

ECO-LIBRIS
www.ecolibris.net

Für diese Reihe an Lektüreheften wurden 5000 Bäume gepflanzt.

Kurt Tucholsky

Schloss Gripsholm
Eine Sommergeschichte

Nacherzählt von Gudrun Gotzmann
Illustrationen von Valentina Malgarise

ERWACHSENE ELI LEKTÜREN

Schloss Gripsholm
Eine Sommergeschichte
Kurt Tucholsky

Nacherzählt von Gudrun Gotzmann
Übungen: Gudrun Gotzmann
Illustrationen: Valentina Malgarise
Redaktion: Iris Faigle

ELI-Lektüren
Konzeption:
Paola Accattoli, Grazia Ancillani, Daniele Garbuglia (Art Director)

Grafische Gestaltung
Airone Comunicazione - Sergio Elisei

Produktionsleitung
Francesco Capitano

Layout
Airone Comunicazione

Fotos
Shutterstock

B.P. 6 - 62019 Recanati - Italien
Tel. +39 071 750701
Fax +39 071 977851
info@elionline.com
www.elionline.com

Verwendeter Schriftsatz: Monotype Dante 11,5/15

Druck in Italien: Tecnostampa – Pigini Group Printing Division
Loreto, Trevi
ERA 235.01
ISBN 978-88-536-2480-2

Erste Auflage Februar 2018

www.eligradedreaders.com

Inhalt

Zeichen für die Hörtexte auf der CD **Anfang** ▶ **Ende** ■

HAUPTFIGUREN

Frau Adriani

Karlchen

Billie

VOR DEM LESEN

Wortschatz

1 Welche Assoziationen haben Sie zu dem Begriff *Sommerferien*? Notieren Sie mindestens 8 Wörter.

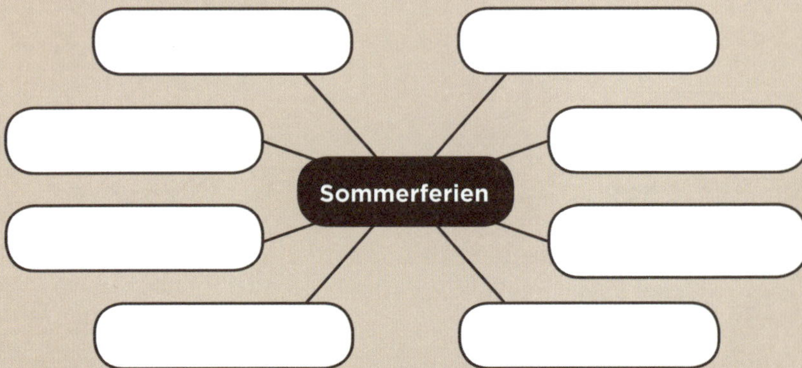

2 Welches Wort passt nicht? Streichen Sie es durch.

Sonne – Hitze – warm – ~~Regen~~

1 Zug – Taxi – Auto – Koffer – Fähre

2 Schwedisch – Deutsch – Berlin – Amerikanisch – Plattdeutsch

3 Etage – Zimmer – Haus – Hotel – Apartment

4 Park – Wiese – Garten – Wald – Sofa

5 weinen – Tränen – traurig – Angst – lachen – allein

6 Brief – Papier – Telefon – Gespräch – telegrafieren

3 Kreuzen Sie die passende Wortverbindung an.

1	pünktlich	☐ haben	☐ sein
2	von der Liebe	☐ sprechen	☐ lachen
3	die Augen	☐ nehmen	☐ öffnen
4	sich in eine Frau	☐ verlieben	☐ treffen
5	Geld	☐ ausgeben	☐ heben
6	eine Reisekasse	☐ tragen	☐ besitzen

4 Was glauben Sie: Worum geht es in dem Buch? Kreuzen Sie R (richtig) oder F (falsch) an.

		R	F
1	Ein deutsches Liebespaar macht Urlaub in Schweden.	☐	☐
2	Sie haben gerade geheiratet und machen eine Hochzeitsreise nach Stockholm.	☐	☐
3	Das Liebespaar wohnt in einem Schloss.	☐	☐
4	Zuerst gefällt ihnen der Urlaub sehr gut, dann finden sie ihn langweilig.	☐	☐
5	Der Mann und die Frau streiten sich und fahren früher als geplant nach Hause zurück.	☐	☐
6	Während des Urlaubs bekommen sie Besuch von Freunden.	☐	☐
7	Das einzige Thema des Buches ist die Geschichte des Liebespaares.	☐	☐

Kapitel 1

Reise in den Norden

2 Sie hatte eine Altstimme[1] und hieß Lydia.

Karlchen und Jakopp aber nannten jede Frau, mit der einer von uns dreien zu tun hatte, „die Prinzessin". Aber keine andere durfte nach ihr so genannt werden. Sie war Sekretärin bei einem unförmig dicken Patron; ich hatte ihn einmal gesehn und fand ihn scheußlich. Der Mann führte den Titel eines Generalkonsuls und handelte ansonsten mit Seifen. Der Generalkonsul hatte ihr fünf Wochen Urlaub gewährt; er fuhr nach Abbazia. Gestern Abend war er abgefahren. Im Büro saßen sein Schwager[2] und für Lydia eine Stellvertreterin.

Da stand sie schon mit den Koffern vor ihrem Haus – „Hallo!"

„Du bischa all do?"[3] sagte die Prinzessin – zur grenzenlosen Verwunderung des Taxichauffeurs, der dieses für Ostchinesisch hielt. Es war aber Missingsch.

Missingsch ist das, was herauskommt, wenn ein Plattdeutscher[4] Hochdeutsch sprechen will. Lydia stammte aus Rostock, und sie beherrschte dieses Idiom perfekt. Es ist kein bäurisches Platt – es ist viel feiner. Und dann ist da im Platt der ganze Humor dieser Norddeutschen; ihr gutmütiger Spott[5], wenn es einer gar zu toll

[1] **e Altstimme, n** tiefe Stimme einer Frau
[2] **r Schwager, "** Ehemann der Schwester oder des Bruders
[3] **Hochdeutsch** „Du bist ja auch da?"
[4] **r Plattdeutsche, n** Person, die Plattdeutsch, d.h. Niederdeutsch spricht (wird im Norden Deutschlands gesprochen)
[5] **r Spott (nur Sing.)** Verhalten oder Äußerung mit dem/der man sich über jemanden lustig macht

treibt, ihr fest zupackender Spaß ... diese Sprache konnte Lydia bei Gelegenheit sprechen. Hier war eine Gelegenheit.

„Kann mir gahnich gienug wunnern, dasse den Zeit nich verschlafen hass!“[1], sagte sie und half mir und dem Chauffeur mit festen, ruhigen Bewegungen. Und so pünktlich war sie! Wir fuhren.

Das Auto hielt da, wo alle bessern Geschichten anfangen: am Bahnhof. Und dann fuhren wir allein im Abteil über Kopenhagen nach Schweden. Vorläufig waren wir noch in der Mark Brandenburg. „Wie findest du die Gegend hier, Peter?“, sagte die Prinzessin. Wir hatten uns auf Peter geeinigt – Gott weiß, warum.

Die Gegend? Es war ein heller, windiger Junitag – recht frisch, und diese Landschaft sah gut aufgeräumt und gereinigt aus – sie wartete auf den Sommer und sagte: Ich bin karg[2].

Die Prinzessin schlief. Ich denkelte[3] so vor mich hin. Die Prinzessin behauptete, ich sagte zu jeder von mir geliebten Frau, aber auch zu jeder –: „Wie schön, dass du da bist!“ Das war eine pfundsdicke[4] Lüge – manchmal sagte oder dachte ich doch auch: „Wie schön, dass du da bist ... und nicht hier!“ – aber wenn ich die Lydia so neben mir sitzen sah, da sagte ich es nun wirklich. Warum? Ich weiß das nicht. Wir wussten nur dieses: Eines der tiefsten Worte der deutschen Sprache sagt von zwei Leuten, dass sie sich nicht riechen können. Wir konnten es, und das ist, wenn es anhält, schon sehr viel. Sie war mir alles in einem: Geliebte, komische Oper, Mutter und Freund. Was ich ihr war, habe ich nie ergründen[5] können.

Und dann die Altstimme. Ich habe sie einmal nachts geweckt, und, als sie aufschrak[6]: „Sag etwas!“, bat[7] ich. „Du Dummer!“ sagte sie.

[1] **Hochdeutsch** „Kann mich gar nicht genug wundern, dass du die Zeit nicht verschlafen hast!“
[2] **karg** trocken, unfruchtbar
[3] **denkeln** eigentlich: nachdenken
[4] **pfundsdick** veraltet für: groß
[5] **ergründen** den Grund für etwas finden
[6] **aufschrecken, schrak auf, ist aufgeschreckt** vor Schreck hochfahren
[7] **bitten, bat, hat gebeten** eine Person fragen, ob sie etwas macht

Und schlief lächelnd wieder ein. Aber ich hatte ihre tiefe Stimme gehört. Und das dritte war das Missingsch. Manchen Leuten erscheint die plattdeutsche Sprache grob, und sie mögen sie nicht. Ich habe diese Sprache immer geliebt; mein Vater sprach sie wie Hochdeutsch. Es ist die Sprache des Meeres. Das Plattdeutsche kann alles sein: zart und grob, humorvoll und herzlich, klar und nüchtern. Das also sprach die Prinzessin – ah, nicht alle Tage! Das wäre ja unerträglich[1] gewesen. Sie sagte darin die Dinge, die ihr besonders am Herzen lagen[2]. Sie hatte im Lauf der Zeit schon viel von Berlin angenommen. Aber mitunter sprach sie doch ihr Platt oder eben jenes halbe Platt: Missingsch.

Das weiß ich noch wie heute ... Das war, als wir uns kennenlernten. Ich war damals zum Tee bei ihr und bot den lächerlichen Anblick eines Mannes, der balzt[3]. Dabei sind wir ja sehr komisch ... Ich machte Plüschaugen[4] und sprach über Literatur – sie lächelte. Ich erzählte Scherze und beleuchtete alle Schaufenster meines Herzens. Und dann sprachen wir von der Liebe.

Ich hatte ihr alles erklärt, alles, was ich im Augenblick wusste, und das war nicht wenig. Ich war so stolz, was für gewagte[5] Sachen ich da gesagt hatte. Es war nun eigentlich der Augenblick gekommen, zu sagen: „Ja, also dann ...“ – da sah mich die Prinzessin lange an. Und sprach: „Einen weltbefohrnen dschungen Mann[6] –!“

Und da war es aus. Und ich fand mich erst viel später bei ihr wieder. Mit der erotischen Weihe[7] war es nichts geworden. Aber mit der Liebe war es etwas geworden.

[1] **unerträglich** sehr unangenehm
[2] **am Herzen liegen, lag, hat gelegen** idiomatisch für: wichtig sein
[3] **balzen** ein Vogelmännchen, das mit seinem Verhalten um das Weibchen wirbt
[4] **Plüschaugen (Plural)** große, verträumte Augen
[5] **gewagt** frei (von Moralvorstellungen)
[6] **Hochdeutsch** „Ein welterfahrener junger Mann!“
[7] **e Weihe, n** religiöse rituelle Handlung

Der Zug hielt. Die Prinzessin fuhr auf, öffnete die Augen. „Wo sind wir?“ – „Es sieht aus wie Stolp oder Stargard – jedenfalls ist es etwas mit St“, sagte ich. Sie entschlummerte aufs Neue, und wir fuhren, lange, lange. Bis Warnemünde.

Europa zollte[1]. Es betrat ein Mann den Raum, der fragte höflichst, ob wir ... und wir sagten: nein, wir hätten nicht. Und dann ging der Mann wieder weg. „Verstehst du das?“, fragte Lydia. – „Ich verstehe es nicht“, sagte ich. „Es ist ein Gesellschaftsspiel[2] und eine Religion, die Religion der Vaterländer. Sieh mal – sie können das mit den Vaterländern doch nur machen, wenn sie Feinde haben und Grenzen. Sonst wüsste man nie, wo das eine anfängt und wo das andre aufhört. Na, und das ginge doch nicht, wie ...?“ Die Prinzessin fand, dass es nicht ginge, und dann wurden wir auf die Fähre geschoben. Schiffslängs – backbord[3] – steuerbord[4] ... ganz leise arbeiteten die Maschinen. Warnemünde blieb zurück, unmerklich lösten wir uns vom Lande. Vorbei an der Mole[5] da lag die Küste.

Da lag Deutschland. Man sah nur einen flachen, bewaldeten Uferstreifen und Häuser, Hotels, die immer kleiner wurden und den Strand. Die Prinzessin befahl[6] mich in den Speiseraum. Da saßen sie und aßen, und mir wurde gar nicht gut, als ich das sah – denn sie essen viel Fettes in Dänemark, und dieses war eine dänische Fähre.

Und dazu tranken sie diesen herrlichen Schnaps. Die Prinzessin speiste. Ich sah ehrfürchtig zu; sie war essfest. „Du nimmst gar nichts?“, fragte sie zwischen zwei Heringen. Ich sah die beiden Heringe an, die beiden Heringe sahen mich an, wir schwiegen alle drei. Erst als die Fähre landete, lebte ich wieder auf.

[1] **zollen** Abgaben verlangen für bestimmte Waren beim Transport über die Grenze
[2] **s Gesellschaftsspiel, e** z.B. Monopoly
[3] **backbord** auf der linken Schiffs- oder Flugzeugseite
[4] **steuerbord** auf der rechten Schiffs- oder Flugzeugseite
[5] **e Mole, n** Hafendamm
[6] **befehlen, befiehlt, befahl, hat befohlen** einen Auftrag, Befehl geben

Und dann ruckelten wir durch Laaland, das dalag, flach wie ein Eierkuchen, und dann spielten wir das Bücherspiel: Jeder las dem andern abwechselnd einen Satz aus seinem Buch vor, und die Sätze fügten sich gar schön ineinander. Die Prinzessin blätterte die Seiten um, ich sah auf ihre Hände ... sie hatte so zuverlässige[1] Hände. Einmal stand sie im Gang und sah zum Fenster hinaus, und dann ging sie fort, und ich sah sie nicht mehr. Ich tastete nach ihrem Täschchen, es war noch warm von ihrer Hand. Ich streichelte die Wärme. Und dann rollten wir weiter, und dann – endlich! endlich! – waren wir in Kopenhagen.

„Wenn wir nach hinten heraus wohnen", sagte ich im Hotel, „dann riecht es nach Küche. Außerdem muss noch vom vorigen Mal ein besoffener[2] Spanier da sein, der komponiert auf dem Piano[3], und das macht er zehn Stunden lang täglich. Wenn wir aber nach vorn heraus wohnen, dann klingelt da alle Viertelstunde die Rathausuhr und erinnert uns an die Vergänglichkeit[4] der Zeit."

Wir wohnten also nach dem Rathausplatz zu, und die Uhr klingelte, und es war alles sehr schön.

Lydia pickte auf ihrem Teller herum, mir sah sie bewundernd zu. „Du frisst[5] ...", sagte sie freundlich. „Ich habe schon Leute gesehen, die viel gegessen haben – und auch Leute, die schnell gegessen haben ... aber so viel und so schnell ..." – „Der reine Neid"–, murmelte ich. Es war kein feines Abendessen, aber es war ein nahrhaftes Abendessen.

Ja, Kopenhagen.

Wir sahen uns alles an: den Tivolipark und das schöne Rathaus

[1] **zuverlässig** ehrlich, solide
[2] **besoffen** umgangssprachlich für: betrunken
[3] **s Piano, s** Klavier
[4] **e Vergänglichkeit** Kurzlebigkeit
[5] **fressen, frisst, fraß, hat gefressen** Tiere fressen, wenn sie Hunger haben.

und das Thorwaldsen-Museum, in dem alles so aussieht, wie wenn es aus Gips wäre.

Stadt und Straßen ... der große Tiergarten, der dem König gehört und in dem die wilden zahmen[1] Hirsche herumlaufen, und so hohe, alte Bäume ...

Abfahrt. „Wie wird das eigentlich mit der Sprache?", fragte die Prinzessin, als wir im Zug nach Helsingör saßen. „Du warst doch schon mal da. Sprichst du denn nun gut Schwedisch?" – „Ich mache das so", sagte ich. „Erst spreche ich Deutsch, und wenn sie das nicht verstehn, Englisch, und wenn sie das nicht verstehn, Platt – und wenn das alles nichts hilft, dann hänge ich an die deutschen Wörter die Endung as an, und dieses Sprechas verstehas sie ganz gut." Es gefiel ihr ungemein[2], und sie nahm es gleich in ihren Sprachschatz auf. „Ja – also nun kommt Schweden. Ob wir etwas in Schweden erlebas? Was meinst du?" – „Ja, was sollten wir wohl auf einem Urlaub erleben ...? Ich dich, hoffentlich."

Helsingör. Wir stiegen auf die kleine Fähre. Oben standen wir dann am Schiffsgeländer, atmeten die reine Luft und blickten auf die beiden Küsten – die dänische, die zurückblieb, und die schwedische, der wir uns näherten. Ich sah die Prinzessin von der Seite an. Manchmal war sie wie eine fremde Frau, und in diese fremde Frau verliebte ich mich immer aufs Neue und musste sie immer aufs Neue erobern. Wie weit ist es von einem Mann zu einer Frau! Aber das ist schön, in eine Frau wie in ein Meer zu tauchen. Nicht denken ...

Viele von ihnen haben Brillen auf, sie haben es verlernt, Frau zu sein – und haben nur noch den dünnen Charme. Ja, wir wollen wohl

[1] **zahm** Gegenteil von „wild"

[2] **ungemein** sehr

ein bisschen viel: kluge Gespräche und Logik und gutes Aussehen und ein bisschen Treue[1] und dann dieser nie zu unterdrückende Wunsch, von der Frau wie ein Beefsteak gefressen zu werden ...

„Hast du schwedisches Geld?", fragte die Prinzessin träumerisch. „Ja, ich habe schwedische Kronen", sagte ich. „Das ist hübsches Geld – und deshalb werden wir es auch nur vorsichtig ausgeben." – „Geizvettel[2]", sagte die Prinzessin. Wir besaßen eine gemeinsame Reisekasse, an der hatten wir sechs Monate herumgerechnet. Und nun waren wir in Schweden.

Die Schweden sprechen anders Deutsch als die Dänen: die Dänen hauchen es, es klingt bei ihnen federleicht. Bei den Schweden wohnt die Sprache weiter hinten, und dann singen sie so schön dabei ... Ich protzte[3] furchtbar mit meinen zehn schwedischen Wörtern, aber sie wurden nicht verstanden.

[1] **e Treue (nur Sing.)** Loyalität, Zuverlässigkeit
[2] **e Geizvettel, n** negativ für: Frau, die nicht gerne Geld ausgibt
[3] **protzen** angeben, sich hervortun

Wortschatz

1 Setzen Sie die passenden Wörter in die Lücken ein.

beobachtet • in den Norden • übernachten • Plattdeutsch • tiefe • machen • als • fremde • Kopenhagen • Urlaub • Schweden • verliebt

Der Erzähler und Lydia ________________ (**1**) zusammen eine Reise ________________ (**2**). Sie arbeitet ________________ (**3**) Sekretärin und hat von ihrem Chef fünf Wochen ________________ (**4**) bekommen. Während der Zugfahrt ________________ (**5**) der Erzähler Lydia. Er liebt ihre ________________ (**6**) Stimme. Außerdem mag er es, wenn sie ________________ (**7**) spricht. Sie ist für ihn manchmal wie eine ________________ (**8**) Frau. Dann ________________ (**9**) er sich wieder neu in sie. Sie machen einen Zwischenstopp in ________________ (**10**), wo sie in einem Hotel ________________ (**11**). Dann fahren sie weiter nach ________________ (**12**).

Grammatik

2 Formulieren Sie eine Frage zu dem unterstrichenen Satzteil.

Gestern abend war er abgefahren.
Wann war er abgefahren?

1 Sie stand schon mit den Koffern vor ihrem Haus.

____

2 Lydia stammte aus Rostock.

____

3 Ich war damals zum Tee bei ihr.

____

4 Der Zug hielt.

____

5 Dann wurden wir auf die Fähre geschoben.

____

6 Man sah nur <u>einen flachen, bewaldeten Uferstreifen und Häuser, Hotels und den Strand</u>.

____

7 Es war alles <u>sehr schön</u>.

____

8 Im großen Tiergarten laufen <u>zahme</u> Hirsche herum.

____

GOETHE-ZERTIFIKAT A2: SPRECHEN (von sich erzählen)

3 Erzählen Sie 3-4 Minuten möglichst frei über das Thema „Urlaub". Berichten Sie von sich. (Die folgenden Punkte sind Hilfestellungen. Sie können auch über andere Aspekte sprechen.)

- Mit wem?
- Aktivitäten? (Sport, Kultur, lesen, ausruhen,...)
- Was machen Sie im Urlaub?
- Wo? (Meer, Berge, Stadt)
- Wie lange?

VOR DEM LESEN

4 Wie geht es im zweiten Kapitel weiter? Welche Vermutungen haben Sie? Sind die Aussagen richtig (R) oder falsch (F)? Kreuzen Sie an.

		R	F
1	Mit der Sprache haben Lydia und der Erzähler in Schweden keine Probleme.	☐	☐
2	Beide mögen die schwedische Küche gern, besonders die Hauptspeisen.	☐	☐
3	Am liebsten wollen der Erzähler und Lydia in einem kleinen Haus wohnen, das außerhalb liegt und einen Garten hat.	☐	☐
4	Für ihren Urlaub finden sie kein Häuschen, aber eine andere gute Unterkunft.	☐	☐
5	Die Miete ist sehr teuer.	☐	☐

Kapitel 2

Ankunft im Schloss Gripsholm

Wir fuhren gen Stockholm. Sie schlief. Als sie aufwachte, tauchten die ersten Häuser der großen Stadt auf. Weichen knackten, der Zug fuhr über eine niedrige Brücke, hielt. Komm raus! Die Koffer. Der Träger. Ein Wagen. Hotel. Guten Tag. Stockholm.

„Was machen wir nun?", fragte ich, als wir uns gewaschen hatten. Der Himmel lag blau über vier Schornsteinen – das war es, was wir zunächst von Stockholm sehn konnten. „Ich meine", sagte die Prinzessin, „wir nehmen uns erst mal einen Dolmetscher[1] – denn du sprichst ja sehr schön schwedisch, sehr schön ... aber es muss altschwedisch sein, und die Leute sind hier so ungebildet. Wir nehmen uns einen Dolmetscher, und mit dem fahren wir über Land und suchen uns eine ganz billige Hütte. Und dann will ich nie wieder einen Kilometer reisen."

Wir spazierten durch Stockholm. Sie haben ein schönes Rathaus und hübsche neue Häuser, eine Stadt mit Wasser ist immer schön. Auf einem Platz gurrten die Tauben. Wunderschöne junge Frauen gingen durch die Straßen ... von einem gradezu lockenden[2] Blond.

Schnaps gab es nur zu bestimmten Stunden, wodurch wir unbändig[3] gereizt wurden, welchen zu trinken – er war klar und

[1] **r Dolmetscher,** - Person, die mündlich von einer Sprache in eine andere übersetzt

[2] **lockend** anziehend, attraktiv

[3] **unbändig** sehr stark

rein und tat keinem etwas, solange man nüchtern blieb. In einem Schaufenster der Vasagatan lag eine schwedische Übersetzung des letzten Berliner Schlagers[1]. Was? Der Nationalcharakter ... wie? Ach, liebe Freunde! Wie einförmig[2] sind doch unsre Städte geworden!

Überall klingeln die Straßenbahnen, heben die Schutzleute[3] ihre weißbehandschuhten Hände, überall prangen[4] die bunten Plakate für Rasierseife und Damenstrümpfe ... die Welt hat eine abendländische Uniform mit amerikanischen Aufschlägen[5] angezogen. Man kann sie nicht mehr besichtigen, die Welt – man muss mit ihr leben oder gegen sie.

Der Dolmetscher! Wir gingen zum Bureau einer Touristen-Vereinigung. Ja, einen Dolmetscher hätten sie. Vielleicht. Doch. Ja.

Bedächtig[6] geht das in Schweden zu – sehr bedächtig. In Schweden gibt es zwei Völkerstämme: den gefälligen Schweden, einen freundlichen, stillen Mann – und den ungefälligen. Wir waren an den gefälligen Typus gekommen. Einen Dolmetscher, den hätten sie also, und sie würden ihn morgen früh ins Hotel schicken. Und dann gingen wir essen.

Die Prinzessin verstand viel vom Essen, und hier in Schweden aßen sie gut, solange es bei den kalten Vorgerichten blieb – dem Smörgåsbrot. Unübertrefflich[7]. Ihre warme Küche war durchschnittlich, und vom Rotwein verstanden sie gar nichts, was mir großen Kummer[8] machte. Die Prinzessin trank wenig Rotwein. Dagegen liebte sie als einzige Frau, die ich je getroffen habe, Whisky. Von dem sagen die Frauen sonst, er schmecke nach Zahnarzt. Er schmeckt aber, wenn er gut ist, nach Rauch.

[1] **r Schlager, -** populäres Lied
[2] **einförmig** ähnlich
[3] **e Schutzleute (nur Pl.)** Verkehrspolizisten
[4] **prangen** sichtbar hängen
[5] **r Aufschlag, "e** Ende des Ärmels eines Herrenhemdes
[6] **bedächtig** langsam, vorsichtig
[7] **unübertrefflich** es gibt nichts Besseres
[8] **r Kummer** Sorge, Problem

Am nächsten Morgen kam der Dolmetscher. Es erschien ein dicker Mann, ein Berg von einem Mann – und der hieß Bengtsson. Er konnte Spanisch sprechen und sehr gut Englisch und auch Deutsch.

Dieses Deutsch musste er wohl in Emerrika[1] gelernt haben, denn es hatte den allerschönsten, den allerfarbigsten, den allerlustigsten amerikanischen Akzent. Er sprach deutsch wie ein Zirkus-Clown. Aber er war das, was die Berliner „richtig" nennen – er verstand sofort, was wir wollten, er versank in Karten, Fahrplänen und Prospekten, und am Nachmittag trollten[2] wir von dannen[3].

Wir fuhren in die Umgebung Stockholms. Wir warteten auf Zuganschlüsse und rumpelten über staubige Landwege in die abgelegensten Dörfer. Wir sahen verdrossene[4] Fichten und dumme Kiefern und herrliche, alte Laubbäume und einen blauen Sommerhimmel mit vielen weißen Wattewolken, aber was wir suchten, das fanden wir nicht. Was wir denn wollten? Wir wollten ein ganz stilles, ein ganz kleines Häuschen, abgelegen, bequem, friedlich, mit einem kleinen Gärtchen ... wir hatten uns da so etwas Schönes ausgedacht. Vielleicht gab es das gar nicht?

Der Dicke war unermüdlich. Während wir herumfuhren und suchten, fragten wir ihn des Nähern nach seinem Beruf. Ja, er führte also die Fremden durch Schweden. Ob er denn alles wüsste, was er ihnen so erzählte. Keine Spur[5] – er hatte lange in Amerika gelebt und kannte seine Amerikaner. Zahlen! Er nannte ihnen vor allem einmal Zahlen: Jahreszahlen und Größenangaben und Preise und Zahlen, Zahlen, Zahlen ... Falsch konnten sie sein. Mit uns

[1] **„Emerrika"** richtig: Amerika
[2] **sich trollen** sich entfernen, weggehen
[3] **von dannen** veraltet für: weg, fort
[4] **verdrossen** schlecht gelaunt, lustlos
[5] **keine Spur** auf keinen Fall

sprach er von Tag zu Tag fließender[1] Deutsch, aber es wurde immer amerikanischer.

„Fourteen days ago" hieß eben „Virrzehn Tage zerrick", und so war alles. „Drei Wochen zerrick", sagte er, als wir grade wieder von einer ergebnislosen Expedition zurückgekommen waren und zu Abend aßen, „drei Wochen zerrick – da war eine amerikanische Familie in Stockholm. Ich habe zu ihnen gesagt, wenn man nur einmal in Emerrika gewesen ist, dann meint man, die ganze andre Welt ist eine Kolonie von Emmerika. Ja. Danach haben mich die Leute sehr gähn[2] gehabt. Prost!" – Prost? Wir waren hier in Schweden, der Mann hatte „Skål!" zu sagen. Der Dicke bestellte sich noch einen kleinen Schnaps.

„Wir fahren nach Mariefred", sagte er. „Das ist ein kleiner Ort ... das ist all right! Morgen fahren wir." Mariefred ist eine klitzekleine[3] Stadt am Mälarsee. Es war eine stille und friedliche Natur, Baum und Wiese, Feld und Wald – niemand aber hätte von diesem Ort Notiz genommen, wenn hier nicht eines der ältesten Schlösser Schwedens wäre: das Schloss Gripsholm.

Es war ein strahlend heller Tag. Das Schloss, aus roten Ziegeln erbaut, stand leuchtend da. Wir gingen hinein.

Herr Bengtsson erklärte uns das Schloss, wie er es seinen Amerikanern erklärt hätte und nach jeder Jahreszahl sagte er: „Aber so genau weiß ich das nicht", und dann sahen wir im Baedeker[4] nach, und es war alles, alles falsch – und wir freuten uns sehr.

Ein Kerker[5] war da, und so dicke Mauern hatte das Schloss, und einen runden Käfig für die Gefangenen gab es und ein schauerliches

[1] **fließend** *hier:* besser
[2] **„gähn"** *richtig:* gern
[3] **klitzeklein** umgangssprachlich für: sehr klein
[4] **r Baedecker,** - bekannter deutscher Verlag für Reiseführer
[5] **r Kerker,** - Gefängnis unter der Erde

Burgloch oder eine Art Brunnen ... Menschen haben immer Menschen gequält[1], heute sieht das nur anders aus. Aber am allerschönsten war das Theater. Sie hatten in der Burg ein kleines Theater – vielleicht damit sie sich während der Belagerungen[2] nicht so langweilen mussten.

Das Schloss hatte einen Anbau – es war ein neuerer Bau. Wir gingen hinein. Drinnen empfing uns eine sehr freundliche alte Dame. Es ergab sich, dass hier in diesem Schlossanbau zwei Zimmer und dazu noch ein kleineres zu vermieten waren. Hier im Schloss? Zweifelnd sah ich Herrn Bengtsson an. Hier im Schloss. Und bekochen wollte sie uns auch. Die Touristen kämen nur sonntags, und sie kämen überhaupt nicht hierher, sondern sie gingen dortherum ...

Wir besichtigten die Zimmer. Sie waren groß und schön; alte Einrichtungsstücke[3] des Schlosses standen darin. Aus einem Fenster blickte man auf das Wasser, aus einem andern in einen stillen kleinen Park. Die Prinzessin, die die Vernunft ihres Geschlechts hatte, sah sich inzwischen an, wo man sich waschen konnte und wie die Lokalitäten waren ... und kam zufrieden zurück. Der Preis war erstaunlich billig. „Wie kommt das?“, fragte ich den Dicken. Die Dame im Schloss täte es aus Freundlichkeit für ihn, denn sie kannte ihn, auch kamen selten Leute hierher, die lange bleiben wollten. Da mieteten wir.

Wir lagen auf der Wiese und baumelten mit der Seele[4]. Der Himmel war weiß gefleckt; wenn man von der Sonne recht schön angebraten war, kam eine Wolke, ein leichter Wind lief daher, und es wurde ein wenig kühl. Ein Hund trottete über das Gras, dahinten. „Was ist das

[1] **quälen** (körperliche oder psychische) Schmerzen verursachen
[2] **e Belagerung, en** wenn Soldaten eine Gruppe von Personen (meist in einer Burg oder einem Schloss) umstellen
[3] **s Einrichtungsstück, e** Möbelstück
[4] **mit der Seele baumeln** sich entspannen

für einer?", fragte ich. „Das ist ein Bulldackel[1]", sagte die Prinzessin. Und dann ließen wir wieder den Wind über uns hingehen und sagten gar nichts. Das ist schön, mit jemand schweigen zu können.

Der Uhr nach wurde es nun langsam Abend; hier aber war noch alles hell, es waren die hellen Nächte. Dunkel wurde es dort nur für einige Stunden, und ganz dunkel wurde es nie. Wir gingen über die Wiesen und blickten auf das Gras.

„Wir wollen zu Abend essas!", sagte die Prinzessin auf schwedisch. Wir aßen, und ich trank sehr andächtig[2] Wasser dazu. Wenn man in ein fremdes Land kommt, dann muss man erst einmal das fremde Wasser in sich hineingluckern lassen, das gibt einem den wahren Geschmack der Fremde. Da saßen wir und rauchten. So – und jetzt begannen die Ferien, die richtigen Ferien.

Es ist vorgekommen, dass ich nachts, in wilder Traumfurcht, aufgefahren bin und mich an die Prinzessin angeklammert[3] habe ... wie lächerlich! „Willst du mich retten?", fragte sie dann lachend. Das ist zwei-, dreimal geschehen – oft wusste ich es gar nicht. „Heute Nacht hast du mich wieder gerettet ...", sagte sie dann am nächsten Morgen.

Aber nun waren Ferien; heute Nacht würde ich sie bestimmt nicht retten. Ich legte meine Hand hinüber, auf die Schlafende. Sie seufzte leise und veränderte ihre Lage. Schön ist Beisammensein. Die Haut friert nicht. Alles ist leise und gut. Das Herz schlägt ruhig. Gute Nacht, Prinzessin.

[1] **r Bulldackel,** - nicht existierende Mischung aus zwei verschiedenen Hunderassen: Bulldog und Dackel

[2] **andächtig** feierlich

[3] **sich anklammern an** sich festhalten an

Grammatik

1 Schreiben Sie, wenn nötig, die passenden Endungen in die Lücken und analysieren Sie dann die Formen.

Sie haben ein__ schönes Rathaus und hübsch_ neu_ Häuser.
ein schönes: Akkusativ, Singular, maskulin; hübsche neue Häuser: Akkusativ, Plural, neutral

1 Wir nehmen uns ein__ (**1**) Dolmetscher, und mit de__ (**2**) fahren wir über Land und suchen uns ein__ (**3**) ganz billig__ (**4**) Hütte.

2 Auf eine__ (**5**) Platz in Stockholm gurrten die Tauben.

3 Wunderschön__ (**6**) jung__ (**7**) Frauen gingen durch die Straßen.

4 Überall prangen die bunt__ (**8**) Plakate für Rasierseife und Damenstrümpfe.

5 Die Welt hat ein__ (**9**) abendländisch__ (**10**) Uniform mit amerikanisch__ (**11**) Aufschlägen angezogen.

6 Aus ein__ (**12**) Fenster blickte man auf das Wasser, aus einem andern in ein__ (**13**) still__ (**14**) klein__ (**15**) Park.

2 Lesen Sie den folgenden Kommentar. Kreuzen Sie bei den Aufgaben die jeweils richtige Lösung an (A, B oder C).

Was uns in Mariefred erwartet, ist Schweden pur: bunte Holzhäuser, die imposante weiße Dorfkirche, ein Markt auf dem frische Waren aus der Region verkauft werden (u.a. richtig leckere Fischbrötchen, tolles Brot, frische Kräuter). Alles in allem wirklich einfach ein schwedisches Provinzstädtchen, wie man es sich vorstellt. Zum Wohnen wäre mir dieser Ort viel zu weit abgelegen, aber für einen entspannten Tagesausflug ist es genau das Richtige.

Zufällig entdecken wir als nächstes den alten Bahnhof von Mariefred. Hier befördert die Östra Södermanlands Järnväg – die älteste Museumseisenbahn Schwedens – an jährlich 100 bis 110 Betriebstagen rund 35.000 Passagiere. Ich bin kein so großer Eisenbahnfan, aber es ist schon sehr spannend, die alte Bahn und den noch sehr gut erhaltenen Bahnhof anzusehen. Da wir noch das Märchenschloss sehen wollen, haben wir leider keine Zeit mehr für eine Probefahrt mit der Bahn.

Vom Inneren des Schlosses sind wir allerdings nicht so begeistert. Erwartet hatten wir Einblicke in das frühere Leben in diesem Schloss. Wir wussten nicht, dass das Schloss für die Staatliche Schwedische Porträtsammlung mit etwa 2000 Exponaten berühmt ist.

Da wir uns aber nicht informiert haben, haben wir uns durch eine elendig lange Führung gequält.

Bekommen haben wir eine langwierige Erklärung zu (fast) jedem der Porträts. Wirklich sehenswert waren dennoch die teilweise noch gut erhaltene Inneneinrichtung des Schlosses und vor allem das alte Theater.

Leicht veränderte und verkürzte Version von:
www.zauberhaftesanderswo.de/mariefred

1 Mariefred
- **A** ☐ ist nicht typisch für eine schwedische Stadt.
- **B** ☐ hat weiße Holzhäuser und eine bunte Dorfkirche.
- **C** ☐ passt zu den Vorstellungen, die man von Schweden hat.

2 Die Stadt ist ideal
- **A** ☐ zum Wohnen, wenn man Tourist ist.
- **B** ☐ für einen Ausflug.
- **C** ☐ für Touristen, die nur einen Tag in Schweden sind.

3 Am Bahnhof von Mariefred
  A ☐ gibt es ein Museum, das zirka 100 Tage im Jahr geschlossen ist.
  B ☐ können Eisenbahnfans jeden Tag mit einer alten Bahn fahren.
  C ☐ gibt es eine alte Eisenbahn, die pro Jahr sehr viele Passagiere hat.

4 Schloss Gripsholm
  A ☐ ist wie ein Märchenschloss, in dem sich eine Porträtsammlung befindet.
  B ☐ hat ein Theater, das nicht interessant ist.
  C ☐ ist ein Schloss, das man nicht von innen besichtigen kann.

3 Setzen Sie die passenden Satzverbindungen in die Lücken ein. (Zwei Verbindungen müssen zweimal verwendet werden.)

deshalb • weil • aber • dass

1 Wir suchen einen Dolmetscher, ________ wir kein Schwedisch sprechen.
2 Viele Frauen mögen keinen Whisky, ________ Lydia trinkt ihn gern.
3 Der Dolmetscher hat in Amerika Deutsch gelernt, ________ spricht er Deutsch mit einem amerikanischen Akzent.
4 Wir erklären ihm, ________ wir ein kleines Haus suchen.
5 Mariefred ist eine kleine Stadt am Mälarsee, ________ sie ist bekannt, ________ dort das Schloss Gripsholm ist.

VOR DEM LESEN

4 Das Wort *Kinderheim* kann zwei Bedeutungen haben: Es ist ein Haus, in dem Kinder zusammen mit anderen Kindern und ohne Eltern die Ferien verbringen; oder es ist ein Haus, in dem Kinder leben, die keine Eltern mehr haben (oder die Eltern haben, die nicht für sie sorgen können.)
Schreiben Sie Wörter auf, die Sie mit diesem Begriff assoziieren.

Kapitel 3

Das traurige Kind

3 Das Kind stand am Fenster und dachte so etwas wie: Wann hört dies auf? Es hatte beide Arme auf das Fensterbrett gestützt, das durfte es nicht – aber es war für einen winzigen Augenblick allein. Gleich würden die andern kommen. Wenn die andern kommen, ist es aus. Denn dann kommt sie.

Das kleine Mädchen schüttelte sich: Es war wie die schnelle leise Bewegung eines Hundes, der Wasser abschüttelt. Die andern Kinder, sein Spitzname „Das Kind", dieses Kinderheim in Schweden, die rothaarige Frau Adriani, und dann das Traurigste: Mutti in Zürich. Es war zu viel. Das Kind zählte neun Jahre – es war zu viel für neun Jahre. Nun weinte es das bitterste Weinen, das Kinder weinen können: jenes, das innerlich geweint wird und das man nicht hört.

Die Tür öffnete sich majestätisch. Im Rahmen stand die Frau Direktor, der „Teufelsbraten[1]": die Adriani. Ihren Beinamen hatte sie von ihrem Lieblingsschimpfwort. Sie war nicht sehr groß: eine stämmige, untersetzte[2] Person, mit rötlichem Haar, graugrünlichen Augen und fast unsichtbaren Augenbrauen. Sie sprach schnell und hatte eine Art, die Leute anzusehn, die keinem gut tat ...

[1] **r Teufelsbraten,** - boshafter Mensch

[2] **untersetzt** relativ klein und dicklich, stämmig

„Was machst du hier?“ Das Kind duckte[1] sich. „Was du hier machst?“ Sie ging dabei auf die Kleine zu und gab ihr eine Art Knuff[2] gegen den Kopf. „Ich habe ... ich ... ich bin ...“ – „Du bist ein Teufelsbraten“, sagte die Adriani.

„Drückst dich hier oben herum, während unten geturnt wird! Heute Abend kein Essen. In die Schar[3]!“ Das Kind schlich unter die andern; sie machten ihm hochmütig und mit artigem Abscheu Platz.

Dies war eine Kinderkolonie, Läggesta, in der viele deutsche Kinder waren und auch einige schwedische und dänische. Zwei Nichten halfen bei der Arbeit: die eine, wie die Tante, gehasst und gefürchtet wie sie; die andre sanft[4], aber unterdrückt und furchtsam; sie versuchte zu mildern, wo sie konnte – es gelang[5] ihr selten. Frau Adriani hatte vierzig Kinder.

Sie hatte keine Kinder. Und die vierzig hatten es nicht gut. Die Frau war hart zu ihnen, sie schlug. Schlug sie gern ...? Sie herrschte[6] gern. Jedes Kind, das die Kolonie vor der Zeit verließ, war in ihren Augen ein Verräter[7]. Jedes, das hinzukam, eine willkommene Bereicherung des Materials, auf dem sie regierte. Wenn sich auch viele Kinder beklagten und fortgenommen wurden –: sie hatte viele Waisen[8] darunter, und es kamen immer neue Mädchen.

Frau Adriani wechselte oft ihr Personal und brachte sich die Angestellten häufig aus Deutschland mit, wohin sie manchmal reiste. Im Winter saß sie hier oben fast allein, nur wenige Kinder blieben dann da – wie zum Beispiel die kleine Ada. Ihr Mann saß in seinem Zimmer

[1] **sich ducken** mit dem Körper nach unten gehen
[2] **r Knuff, “e** leichter Stoß
[3] **e Schar, en** größere Gruppe
[4] **sanft** lieb, freundlich
[5] **gelingen, gelang, ist gelungen** schaffen, Erfolg haben
[6] **herrschen** bestimmen, dominieren
[7] **r Verräter, -** eine Person, die nicht treu, loyal ist
[8] **e Waise, n** Kind ohne Eltern

und ordnete Briefmarken. Sie verdiente das Geld. Sie. Und im Winter wartete sie auf den Sommer – denn der Sommer war ihre Zeit.

Im Sommer konnte sie durch die langen Korridore des Landhauses donnern und befehlen[1] und verbieten und anordnen. Alles um sie herum fragte sich gegenseitig nach ihrer Stimmung und zitterte[2] vor Furcht, und sie genoss[3] diese Furcht bis in die Haarspitzen. Das war das Leben.

„Jetzt bleiben alle hier oben, bis es zum Essen klingelt. Wer spricht, bekommt kein Essen.“ Es war so still – man hörte vierzig kleine Mädchen atmen. Das Kind stand für sich allein. Kleine Mädchen können sehr grausam[4] sein. Es war sonst keine bestraft worden, am heutigen Tage – die Majorität hatte also stillschweigend beschlossen, das Kind fallenzulassen. Das Kind hieß „das Kind“, weil es einmal auf die Frage der Adriani: „Was bist du?“ geantwortet hatte: „Ich bin ein Kind.“ Niemand beachtete es jetzt.

Wann hört dies auf? dachte das Kind. Das hört nie auf. Und dann liefen die Tränen, und nun weinte es.

„Was kommt da?“, sagte die Prinzessin. Durch die Wiesen bewegte sich eine dünne Reihe kleiner Gestalten, auf einem schmalen Wege. „Was ist das –?“ Es kam näher. Kinder waren es, kleine Mädchen, artig aufgereiht, wie Perlchen an der Schnur, immer zwei zu zwei. Eine herrisch[5] aussehende Person ging an ihrer Spitze, sah sich öfter um – keines sprach. Nun waren sie nahe bei uns, wir traten beiseite und ließen den Zug vorüber. Ganz zum Schluss ging ein Kind allein; es ging, wie wenn es von jemandem gezogen würde, es hatte

[1] **befehlen, befiehlt, befahl, hat befohlen** sagen, was jemand tun soll
[2] **zittern** man zittert, wenn man Angst hat oder wenn es kalt ist
[3] **genießen, genoss, hat genossen** schön, angenehm finden
[4] **grausam** schlimm, brutal
[5] **herrisch** jemand, der gern befiehlt

verweinte Augen, schluckte manchmal im Gehen vor sich hin, aber es weinte nicht. Sein Gesicht war auch nicht verschwollen, wie es verheulte Kinder haben ... es sah vielmehr leergeweint aus, und in den bräunlichen Haaren lag ein goldner Schimmer. Es sah uns an, so müde und gleichgültig, wie es einen Baum angesehn hätte.

In einem Anfall von Übermut[1] und Kinderliebe steckte ihm die Prinzessin zwei kleine Glockenblumen, die wir gepflückt hatten, in die Hand. Das Kind zuckte zusammen, dann sah es auf, seine Lippen bewegten sich; es wollte vielleicht etwas sagen, danken ... da drehte sich vorn die Person um, die Kleine beschleunigte ihre Schritte und hoppelte[2] ängstlich der Schar nach. Staub und das Geräusch der marschierenden Kinderfüße. Dann war das Ganze vorüber.

„Merkwürdiges kleines Mädchen", sagte die Prinzessin. „Was sind denn das für Kinder? Wir wollen nachher einmal fragen ... Peter, mein Sohn, gibt es hier eigentlich Nordlicht[3]? Ich möchte so gern mal ein Nordlicht sehn!" „Nein", sagte ich. „Doch, ja. Aber alles, was man sehn will, meine Tochter, findet immer grade in dem Monat statt, wo man nicht da ist ... Das ist so im Leben." „Ich glaube, ich hätte eine ungeheure Angst, wenn ich das mal sähe. Denk mal, große, bunte Lichter am Himmel! Wenn das nun herunterkommt! Und einem auf den Kopf fällt! Aber sehn möchte ich es schon mal ..." Blassblau wölbte sich der Himmel über uns; an einer Stelle des Horizonts ging er in tiefes Dunkelblau über. Da, wo die Sonne vorhin untergegangen war, leuchtete es gelbrosig, es schimmerte und blinkte nur noch ein wenig. „Lydia", sagte ich, „wollen wir uns ein Nordlicht machen?" – „Na ..." – „Sieh mal", sagte ich und deutete

[1] **r Übermut (nur Sing.)** Gefühl von Euphorie, Begeisterung
[2] **hoppeln** Hasen und Kaninchen hoppeln
[3] **s Nordlicht, er** Polarlicht im Norden

mit dem Finger nach oben, „siehst du, siehst du – da – da ist es –!“ Wir sahen beide fest nach oben – wir hielten uns an den Händen, Pulsschlag und Blutstrom gingen von einem zum andern. In diesem Augenblick hatte ich sie so lieb wie noch nie. Und da sahen wir unser Nordlicht.

„Sagen Sie bitte, Frau Andersson“, sagte ich zu der Schlossdame, „was mögen das für Kinder sein, denen wir vorhin begegnet[1] sind? Da ... da hinten ... in den Wiesen?“ – „Ja, da sind viele Kinder. Das sind wohl Bauernjungen ...“ –

„Nein, nein. Es waren kleine Mädchen, sie gingen geordnet, wie ein Institut, eine Schule, so etwas ...“ – „Eine Schule?“ Frau Andersson dachte nach. „Ah – das werden die von der Frau Adriani gewesen sein. Von Läggesta.“ Und sie deutete über den See, wo man recht undeutlich ein großes Gebäude liegen sah. „Das ist ein Pensionat, das ist eine Kinderkolonie. Ja.“ Dazu machte sie ein Gesicht, wie ich es noch nie bei ihr gesehen hatte. Ich wurde neugierig[2]. „Da sind gewiss viele Kinder ... wie?“ – „Ja, in diesem Pensionat sind viele Kinder, aber nicht viele schwedische Kinder.“ „Da ist es gewiss hübsch ...“

Frau Andersson schwieg einen Augenblick. Dann nahm sie beherzt einen kleinen Anlauf. Sie senkte die Stimme. „Das ist ... das ist keine liebe Frau. Aber ich will nichts Böses sagen ... verstehen Sie. Es ist eine deutsche Dame. Aber sie ist keine gute Dame.“ „Sie meinen die Vorsteherin von dem Pensionat?“ – „Ja“, sagte Frau Andersson. „Das ist eine schlimme Person. Sie ist nicht gut zu den Kindern. Sie ist hart zu den Kindern. Sie schlägt die Kinder.“ Der Prinzessin gab es einen Ruck. „Sagt denn da niemand was?“ – „Jaha ...“, sagte Frau

[1] **jmdm. begegnen** jmdn. treffen

[2] **neugierig sein** an einer Information interessiert sein

Andersson, „Die Polizei kann dazu nichts sagen. Sie schlägt sie nicht so, dass sie krank werden. Aber sie ist ungerecht zu ihnen, die Kinder haben große Angst vor ihr. Aber da will ich sehn, ob das Abendessen fertig ist ... einen Augenblick!" Und sie ging, eilig, wie wenn sie zu viel gesagt hätte.

Wir sahen uns an. „Komisch, wie?" – „Ja ... das gibt's", sagte ich. „Wahrscheinlich irgend so ein Deubel[1] von Weib[2], das da mit der Zuchtrute[3] regiert ..."

Nach dem Abendessen saßen wir vor dem Haus an einem Holztischchen und sahen zum Schloss hinüber. Ab und zu tranken wir einen Schluck Whisky. Zehn schlug es von dem alten Kirchturm – zehn Uhr. Die Luft stand still; die Bäume rührten kein Blatt – alles ruhte. Es war nicht hell. Es war nur nicht dunkel. Der Himmel war grau. Es war Nacht, ohne Nacht zu sein.

„So still, wie es jetzt ist, so sollte es überall und immer sein, Lydia – warum ist es so laut im menschlichen Leben?" – „Das findest du heute nicht mehr – ich weiß schon, was du meinst. Nein, das ist wohl ein für alle Mal verlöscht ..." – „Warum gibt es das nicht", beharrte[4] ich. „Immer ist etwas. Immer klopfen sie, oder sie machen Musik, immer bellt ein Hund, marschiert dir jemand über deiner Wohnung auf dem Kopf herum, klappen Fenster, schrillt ein Telefon." – „Schwatz nicht", sagte die Prinzessin. „Hör lieber auf die Stille!"

In diesem Augenblick war jeder ganz allein, sie saß auf ihrem Frauenstern, und ich auf einem Männerplaneten. Nicht feindselig ... aber weit, weit voneinander fort. „Daddy", sagte die Prinzessin, „kann man hier eigentlich das blaue Kostüm[5] tragen, das ich mitgenommen habe?"

[1] **r Deubel (nur Sing.)** Teufel, Satan
[2] **s Weib, er** negativ für: Frau
[3] **e Zuchtrute, n** eine Art Stock zum Schlagen
[4] **beharren auf etw.** insistieren, nicht aufgeben
[5] **s Kostüm, e** meist elegante Jacke mit passendem Rock oder passender Hose

Ich war wieder bei ihr; wir saßen wieder auf demselben Trabanten[1] und rollten gemeinsam durch das Weltall.

„Ja ...", sagte ich. „Das kannst du." – „Passt es?" – „Natürlich. Es ist doch diskret in der Farbe, das passt schön." – „Du sollst nicht so viel rauchen", sagte ihre tiefe Stimme; „dann wird dir wieder übel[2]. Tu mal die Pfeife weg." Ich, Sohn, tat die Pfeife[3] weg, weil die Mutter es so wollte. Leise legte ich meine Hand auf die ihre.

[1] **r Trabant, en** Himmelskörper
[2] **übel werden** schlecht werden
[3] **e Pfeife, n** man gibt Tabak in die Pfeife und kann damit rauchen

Grammatik

1 Formen Sie die Sätze im Präteritum ins Präsens um.

Das Kind *stand* am Fenster und *dachte* so etwas wie: Wann hört dies auf?
Das Kind steht am Fenster und denkt so etwas wie: Wann hört dies auf?

1 Im Rahmen *stand* die Frau Direktor, der „Teufelsbraten“: die Adriani.

____

2 Sie *sprach* schnell und *hatte* eine Art, die Leute anzusehn, die keinem gut *tat*.

____

3 Sie *ging* dabei auf die Kleine zu und *gab* ihr eine Art Knuff gegen den Kopf.

____

4 Zwei Nichten *halfen* ihr bei der Arbeit.

____

5 Die Frau *war* hart zu ihnen, sie *schlug*.

____

Lesen und Verstehen

2 Kreuzen Sie an. Sind die Aussagen richtig (R) oder falsch (F)?

		R	F
1	Die 9-jährige Ada ist Deutsche und wohnt in Schweden.	☐	☐
2	Ihre Mutter lebt in der Schweiz.	☐	☐
3	Die Leiterin des Kinderheims, Frau Adriani, ist eine strenge, aber gute Person.	☐	☐
4	Ada ist sehr unglücklich, weil sie in dem Kinderheim leben muss.	☐	☐
5	Lydia und der Erzähler sehen Ada zum ersten Mal, als sie mit den anderen Mädchen über die Wiesen läuft.	☐	☐
6	Frau Anderson erzählt ihnen, dass in dem Kinderheim viele schwedische Kinder wohnen.	☐	☐
7	Frau Adriani ist bei den Kindern sehr beliebt.	☐	☐

Wortschatz

3 Welche Adjektive passen zu den Personen. Markieren Sie.

Ada
- ☐ traurig
- ☐ fröhlich
- ☐ glücklich
- ☐ allein
- ☐ ängstlich

Frau Adriani
- ☐ böse
- ☐ klein
- ☐ dünn
- ☐ autoritär
- ☐ sanft

der Erzähler
- ☐ ärgerlich
- ☐ verliebt
- ☐ neugierig
- ☐ müde

VOR DEM LESEN

4 Welcher Satzanfang passt zu welchem Satzende? Ordnen Sie zu.

1 ☐ Ada erinnert sich an die Zeit,
2 ☐ Sie hat die Mutter gebeten,
3 ☐ Im Kinderheim fühlt sie sich
4 ☐ Lydia und der Erzähler bekommen Besuch von
5 ☐ Für den Erzähler ist

a allein und sie hat Angst.
b die Freundschaft mit Karlchen sehr wichtig.
c einem guten Freund des Erzählers, der Karlchen heißt.
d als sie mit ihrem Vater spielte.
e dass sie sie aus dem Kinderheim holt.

Kapitel 4

Besuch von einem Freund

Das Kind lag im Bett und dachte. Denken ... Vor langen Zeiten, als es noch einen Vater gehabt hatte, da hatte es mit ihm immer „Denken“ gespielt. Und der Vater hatte dabei so gelacht, er konnte so wundervoll lachen ... „Was tust du?“, hatte das Kind gefragt. „Ich denke“, hatte der Vater gesagt. „Ich will auch denken.“ – „Gut ... denke auch!“ Und er war ernsthaft in der Stube auf und ab gegangen, das Kind immer hinterher, es ahmte[1] genau die Haltung des Vaters nach, es hielt die Hände auf dem Rücken, runzelte die Stirn[2] wie er ... „Was denkst du?“, hatte der Vater gefragt. „Ich denke: Löwe“, hatte das Kind geantwortet. Und der Vater hatte gelacht ...

Das Kind war plötzlich wieder da, wo es wirklich war: in Schweden. In Läggesta. Mutti war in der Schweiz, so weit fort ... das Kind fühlte es heiß in sich hochsteigen. Es hatte so viele flehentliche[3] Briefe geschrieben, drei, eigentlich nur drei – dann war der Teufelsbraten dahintergekommen, dass eines der Dienstmädchen die Briefe heimlich zur Post getragen hatte. Das Mädchen wurde entlassen und das Kind an den Haaren gezogen.

Ja, vielleicht musste das alles so sein. Vielleicht hatte die Mutter kein Geld, um das Kind bei sich zu behalten, und hier oben war es eben

[1] **nachahmen,** imitieren

[2] **die Stirn runzeln** die Stirn wird faltig, wenn man z.B. intensiv nachdenkt oder skeptisch ist

[3] **flehentlich** bittend

billiger. So hatte es ihm die Mutter erklärt. Es war hier so allein. Es war unter den neununddreißig kleinen Mädchen ganz allein – und es hatte Angst. Sein Leben bestand eigentlich nur aus Angst. Angst vor dem Teufelsbraten und Angst vor den älteren Mädchen, die es anschwärzten[1], wo sie nur konnten. Angst vor allem, vor allem. Das Kind schlief nicht – es bohrte[2] mit seinen Augen Löcher in das Dunkel.

Dass die Mutter es hierhergegeben hatte! Hier waren sie einmal gewesen, vor Jahren, vor drei, vier Jahren – und damals war der Bruder Will gestorben. Er lag da begraben[3] auf dem Kirchhof in Mariefred, und das Kind durfte manchmal das Grab besuchen, wenn der Teufelsbraten das erlaubte oder befahl. Meist befahl er es. Dann stand es an dem kleinen Kindergrab, rechts, die vierzehnte Reihe, das mit dem grauen Steinchen, an dem die Buchstaben noch so neu schimmerten. Aber dort hatte es nie geweint. Es weinte nur manchmal zu Hause um Will – um den dicken, kleinen Will. Er war jünger gewesen als das Kind, jünger, toller[4] im Spiel und ein guter Junge. Und dann wurde er krank. Eine Grippe, sagten die Leute, und nach vier Tagen war er tot. Will war nicht mehr da. Der Bruder nicht. Mutti nicht. Vater weggegangen, wohin ... Niemand war da. Das Kind war allein. Es dachte das Wort nicht – viel schlimmer: Es fühlte die Einsamkeit[5], wie nur Kinder sie fühlen können. Die Hände des Kindes tasteten vorsichtig unter das Kopfkissen, suchten im Laken. Fort? Nein. Sie waren noch da.

Unter dem Kopfkissen lagen, verwelkt[6] und zerdrückt, zwei kleine Glockenblumen.

[1] **anschwärzen** denunzieren, schlecht machen
[2] **bohren** ein Loch machen, z.B. in eine Wand
[3] **begraben** unter der Erde sein, wenn man tot ist
[4] **toll** hier: wild
[5] **e Einsamkeit (nur Sing.)** das Alleinsein
[6] **verwelkt** eine Blume ist verwelkt, wenn sie nicht mehr frisch ist

Wir beugten uns beide über den Brief und lasen gemeinschaftlich:

Lieber Freund!

Ich habe in diesem Jahr noch acht Tage Urlaub gut und würde die gern mit Dir und Deiner lieben Frau Freundin verleben. Wie ich höre, seid Ihr in Schweden. Lieber Freund, würdest Du wohl Deinen alten Kriegskameraden bei Euch aufnehmen? Lieber Freund, ich zahle auch das Reisegeld für mich allein. Schreibe mir bitte, wie ich zu Euch fahre, lieber Freund.

Kann ich da wohnen? Sind da viele Mädchen? Soll ich lieber nicht kommen? Wollen wir uns gleich den ersten Abend besaufen[1]? Liebst Du mich?

Lieber Freund, ich freue mich sehr, Euch zu sehen, und bin Euer gutes

Karlchen

„So", sagte ich. „Da hätten wir ihn. Soll er kommen?" Braun war die Prinzessin und frisch. „Ja", sagte sie, „jetzt kann er kommen. Ich bin ausgeruht, und wenn er überhaupt nach acht Tagen wieder wegfährt? Abwechslung[2] ist immer gut." Demgemäß schrieb ich.

Wir waren in der Mitte der Ferien. Baden im See; nackt am Ufer liegen, an einer versteckten Stelle, sich voll Sonne saugen. Mittags rollt man dann herrlich verdöst und trunken von Licht, Luft und Wasser nach Hause; Stille; Essen; Trinken; Schlaf; Ruhe – Urlaub.

Dann war es so weit. „Wollen wir ihn abholen?" – „Halen wi em aff[3]." Es war ein strahlender Tag. Wir gingen auf den Bahnhof. Einfahrt. Gezisch. Karlchen. Wie immer, wenn wir uns lange nicht gesehen hatten, machte er eine gleichmütig[4]-freundlich-dümmliche Miene, so: „Na ... da bist du ja ..." Er kam auf uns zu, in der Hand trug er ein kleines Köfferchen.

[1] **sich besaufen** umgangssprachlich für: sich betrinken, viel Alkohol trinken

[2] **e Abwechlsung (nur Sing.)** Neuigkeit

[3] *Hochdeutsch* „Holen wir ihn ab."

[4] **gleichmütig** gelassen, ruhig

Guten Tag – und dies ist ... und das ist ... gebt euch mal die Hand ... und: Wo hast du denn das große Gepäck? – Als die Präliminarien vorbei waren: „Na, Karlchen, wie war denn die Reise?“ Er war nach Stockholm in einem Flugzeug geflattert[1], und heute Mittag war er angekommen ... „War es schön?“ – „Die Aussicht war sehr schön. Und wie gefällt es denn der Gnädigsten[2] hier?“ Wie es der Gnädigsten gefiele? „Wenn der hier nicht dabei wäre“, sagte die Gnädigste, „dann würde ich mich sehr gut erholen. Aber Sie kennen ihn ja – er schwabbelt[3] so viel und lässt einen nicht in Ruhe ...“– „Ja, das hat er immer getan.“ Hier war augenblicklich zu spüren, dass sich beide auf Anhieb[4] verstanden.

Karlchen war noch genauso wie vor einem Jahr, wie vor zwei Jahren, wie vor drei Jahren: So wie er immer gewesen war. Ich hoppelte neben den beiden her, die in ein angeregtes[5] Gespräch über Schweden und über die Landschaft, über die Fliegerei und über Stockholm vertieft waren. Die Prinzessin hatten wir in die Mitte genommen, manchmal sprachen wir über sie hinweg, und ich badete in einer tiefen Badewanne von Freundschaft.

Sich auf jemand verlassen können! Einmal mit jemand zusammen sein, der einen nicht misstrauisch von der Seite ansieht, wenn irgendein Wort fällt, das vielleicht die Eitelkeit[6] verletzen könnte. Einer, der nicht jede Minute bereit ist, das Visier herunterzulassen und anzutreten auf Tod und Leben ...

Zwei Männer kenne ich auf der Welt; wenn ich bei denen nachts anklopfte und sagte: Herrschaften, so und so ... ich muss nach Amerika – was nun? Sie würden mir helfen. Zwei – einer davon war Karlchen. Freundschaft, das ist wie Heimat. Es war sehr schön.

[1] **flattern** fliegen (ein Vogel)
[2] **e/r Gnädigste, n** Anrede von einer besonders hochgestellen Person, z.B. König/in
[3] **schwabbeln** umgangsprachlich für: reden
[4] **auf Anhieb** sofort
[5] **angeregt** lebhaft
[6] **e Eitelkeit, en** anderen gefallen wollen; Selbstgefälligkeit

Wir hatten ihn im Hotel untergebracht, weil es in diesen Tagen bei uns keinen Platz mehr gab. Er sah sein Zimmer an. Er musste sich waschen, und dann saßen wir unter den Bäumen und tranken Kaffee. „Na, Fritzchen ...?“, sagte er zu mir. Niemand wird je ergründen können, warum er mich Fritzchen nannte. „Und was tun wir heute Abend?“ – „Ja ...“, sagte die Prinzessin, „heute wollen wir einen ganz stillen Abend abziehen[1] ...“ – „Kann man hier Rotwein bekommen?“ – Ich berichtete die betrübliche[2] Tatsache mit dem Rotwein. Karlchen schloss wehmütig[3] die Augen. „Aber du darfst den Wein bezahlen, Karlchen – das ist der sogenannte Einstand[4], den die Fremden hier geben.“ Das hörte er leider nicht.

Wir waren ein ganzes Stück Zeit miteinander gefahren und sprachen. Die größten Vorzüge dieses Mannes lagen, neben seiner Zuverlässigkeit, im Negativen: was er alles nicht sagte, was er nicht tat, nicht anstellte. Karlchen war ein Stiller. Er rauchte die Welt an, wunderte sich über gar nichts mehr, war ein braver Arbeiter im Aktengarten des Herrn und zog zu Hause zwei Kinder auf. Hier und da fiel er in Liebe und Sünde[5]. Jetzt saß er da und rauchte und dachte nach.

„Wir müssen an Jakopp schreiben“, sagte er. Jakopp war der andre – wir waren drei. Mit der Prinzessin vier. „Was wollen wir ihm denn schreiben?“, fragte ich. „Hast du ihn gesehn? Du bist doch über Hamburg gefahren?“ Ja, Karlchen war über Hamburg gefahren, und er hatte ihn gesehn. Jakopp war der Verschrullteste[6] von uns. Er arbeitete beim Hamburger Wasserwerk.

„Wo ist denn auf einmal die Prinzessin?“, fragte Karlchen. Die Prinzessin war ins Städtchen gegangen, „Knöpfchen kaufen“. Wir

[1] **abziehen, zog ab, hat abgezogen** umgangssprachlich für: veranstalten, machen, verbringen
[2] **betrüblich** traurig
[3] **wehmütig** sehnsüchtig, traurig
[4] **r Einstand, "e** das, was jemand anbietet, wenn er z.B. in ein neues Haus zieht
[5] **e Sünde, n** schlimmer Fehler
[6] **r Verschrullteste, n** umgangssprachlich für: Verrückteste

kauften nie zusammen Knöpfchen, womit jede Art Einkauf gemeint war – wenn wir es aber doch taten, dann zankten[1] wir uns dabei. Nun war sie fort. Wir schwiegen eine Weile.

„Gib mal eine Karte. Was wollen wir ihm denn ...?" Wir wollten ihm eine Telegrammkarte schicken. Als wir diese schwere Arbeit hinter uns hatten, ruhten wir aus und sagten erst mal gar nichts. Da kam die Prinzessin. Sie hatte vielerlei[2] Knöpfchen eingekauft. Es ist rätselhaft, was für eine Fülle[3] von Waren Frauen noch in den kleinsten Ortschaften entdecken. Und Geld hatte sie auch nicht mehr, und ich zog mit gefurchter[4] Stirn die Brieftasche und tat mich sehr dick. Dann legten wir uns ins Gras.

„Geht euch das eigentlich auch so", sagte Karlchen, der hier schon völlig zu Hause war, „dass ihr euch so schwer erholt? Erholung ist eine Arbeit, finde ich." – „Hm", machten wir; wir waren zu faul, zu antworten. Es knisterte. „Steck die Zeitungen weg!", sagte ich. „Habt ihr gelesen ...?", sagte er.

Und da war es. Da war die Zeit. Wir hatten geglaubt, der Zeit entrinnen[5] zu können. Man kann das nicht, sie kommt nach. Ich sah die Prinzessin an und zeigte auf die Zeitung, und sie nickte: Wir hatten heute Nacht davon gesprochen. Davon und von der Zeit und von dieser Zeit ...

Man denkt oft, die Liebe sei stärker als die Zeit. Aber immer ist die Zeit stärker als die Liebe. „Karlchen, was liest du jetzt eigentlich für eine Zeitung?", fragte ich – Er nannte den Namen. „Man soll nicht nur eine lesen", lehrte ich weise[6]. „Man muss mindestens vier Zeitungen lesen und eine große englische oder französische dazu; von draußen sieht das alles ganz anders aus."

[1] **sich zanken** sich streiten
[2] **vielerlei** verschiedene Arten von etwas
[3] **e Fülle (nur Sing.)** Menge
[4] **gefurcht** gerunzelt
[5] **entrinnen** entfliehen, weglaufen vor
[6] **weise** klug

„Ich muss mich immer wundern", sagte die Prinzessin, „seht mal – Zeitungen für uns gibt es eigentlich gar nicht. Sie tun immer alle so, als ob es gar kein Geld auf der Welt gäbe ... dabei wissen sie genau: wir haben nur wenig. Was sie uns da alles erzählen ... und was sie alles abbilden! Sie sind alle so furchtbar fein. Ob mal ein Blatt sagt, wie es nun wirklich ist: dass man am Zwanzigsten zu knapsen[1] anfängt und dass man sich gar nicht so oft ein Auto leisten kann, von Autos kaufen überhaupt nicht zu reden. Und mit ihrer lächerlichen Wohnungskultur ... haben wir vielleicht anständige[2] Wohnungen?"

„Das Schlimmste ist: Sie stellen die Fragen und sie ziehen die Kreise – und du hast zu antworten, du hast nachzuziehen, du hast zu springen ... du kannst dir nichts aussuchen. Rom gibt dir eins auf und Russland eins und Amerika und die Mode und die Gesellschaft und die Literatur – es ist ein bisschen viel für einen einzelnen Herrn. Finde ich.", sagte ich.

[1] **knapsen** sparsam sein

[2] **anständig** hier: richtig, gut

Grammatik

1 Setzen Sie die passenden Modalverben ein.

kann • durfte • will • muss • Kann • musste • Soll •
konnte • musste • soll • Wollen

1 Adas Vater ____________ so wundervoll lachen.
2 Ada sagte zu ihm: „Ich ____________ auch denken.“
3 „Vielleicht ____________ das alles so sein.” dachte Ada.
4 Das Kind ____________ manchmal Wills Grab besuchen.
5 Karlchen fragt: „____________ ich im Schloss wohnen?”
6 Er will wissen: „____________ wir uns gleich den ersten Abend besaufen?
7 Der Erzähler fragt Lydia: „____________ Karlchen kommen?“
8 Als Karlchen ankam, ____________ er sich waschen.
9 Man ____________ der Zeit nicht entrinnen, sie kommt nach.
10 Der Erzähler meint: „Man ____________ nicht nur eine Zeitung lesen. Man ____________ mindestens vier Zeitungen lesen.“

2 Formulieren Sie die Sätze neu: Setzen Sie die unterstrichenen Satzteile an den Anfang. Achten Sie auf die Syntax!

Ada hatte <u>so viele Briefe</u> geschrieben.
So viele Briefe hatte Ada geschrieben.

1 Das Mädchen weinte <u>nur manchmal</u> zu Hause um Will:
____

2 Die Hände des Kindes tasteten <u>vorsichtig</u> unter das Kopfkissen,
____

3 Ich habe in diesem Jahr noch <u>acht Tage Urlaub</u>.
____

4 Die Aussicht war <u>sehr schön</u>.
____

5 Karlchen war <u>über Hamburg</u> gefahren.
____

6 Die Prinzessin war <u>ins Städtchen</u> gegangen.
____

Wortschatz

3 Finden Sie die passenden Wortverbindungen und markieren Sie sie.

1	☐	im See	**a**	verstehen
2	☐	jemanden in Ruhe	**b**	sein
3	☐	Angst	**c**	baden
4	☐	allein	**d**	schließen
5	☐	vom Bahnhof	**e**	lesen
6	☐	sich gut	**f**	haben
7	☐	die Augen	**g**	lassen
8	☐	Zeitungen	**h**	abholen

VOR DEM LESEN

4 Überlegen Sie, in welcher Reihenfolge die folgenden Ereignisse des nächsten Kapitels passieren. Schreiben Sie die Zahlen hinter die Aussagen.

1 Der Erzähler schlägt Lydia und Karlchen vor, zum Kinderheim zu gehen. _1_
2 Ada geht mit Frau Adriani zurück ins Kinderheim. Danach schreibt sie einen Zettel mit der Adresse ihrer Mutter, den sie ins Gras wirft. __
3 Dann fängt Ada an zu weinen. __
4 Karlchen reist zurück nach Hause. __
5 Frau Adriani kommt aus dem Haus und will Ada mitnehmen. __
6 Als sie in der Nähe sind, sehen Sie, dass Ada aus dem Kinderheim rennt. Sie läuft direkt auf die drei zu. __
7 Karlchen, Lydia und der Erzähler finden den Zettel und schreiben ihr einen Brief. __
8 Das Mädchen erzählt, dass es weggelaufen ist, weil Frau Adriani so böse ist. __

Kapitel 5

Hilfe für Ada

4 „Wenn man sich das recht überlegt", sagte Karlchen, „sind wir eigentlich seit neunzehnhundertundvierzehn nicht mehr zur Ruhe gekommen. Spießerwunsch[1]? Ich weiß nicht. Man gedeiht[2] besser, wenn man seinen Frieden hat." „Arbeiten. Arbeit hilft", sagte die Prinzessin.

„Liebe Prinzessin", sagte Karlchen, „ihr Frauen nehmt das ja ernst, was ihr tut – das ist euer klarer Vorzug[3] vor uns andern. Wenn man das aber nicht kann ... Immerhin: eine so schöne junge Frau ..." „Sie werden ausgewiesen[4], wenn Sie so reden", sagte die Prinzessin. „Vestahn Sei Plattdütsch[5]?" – Karlchen strahlte: Er sprach Platt wie ein hannöverscher Bauer, und jetzt schnackten[6] sie eine ganze Weile in fremden Zungen.

Das Schloss schlief dick und still; überall roch es nach Wasser und nach Holz, das lange in der Sonne gelegen hatte, nach Fischen und nach Enten. Wir gingen am See entlang.

Und ich genoss diese beiden; dies war ein Freund, nein, es waren zwei Freunde – und ich verriet[7] die Frau nicht an den Mann, wie ich es fast immer getan hatte.

Denn wenn da ein Mann war, mit dem es etwas zu erzählen gab, dann ließ ich die Frau liegen, als ob ich nicht noch eben mit ihr

[1] **r Spießerwunsch, "e** negativ für: bürgerlicher Wunsch
[2] **gedeihen** wachsen, sich entwickeln
[3] **r Vorzug, "e** Vorteil
[4] **ausweisen, wies aus, hat ausgewiesen** hier: wegschicken
[5] **Hochdeutsch** „Verstehen Sie Plattdeutsch?"
[6] **schnacken** Plattdeutsch für: reden, sich unterhalten
[7] **verraten, verriet, hat verraten** hier: jemanden aufgeben

geschlafen[1] hätte; ich kümmerte mich nicht mehr um sie. Dann ließ sie los. Und dann wunderte ich mich.

Die zwei sprachen sich in ihren Dialekten über ihre Heimat aus. Begehrte[2] er sie –? Natürlich begehrte er sie. Aber dies war ungeschriebenes Gesetz zwischen uns. Die Frauen des andern: nie. Und wieder fühlte ich, zum hundertsten Male in so vielen Jahren, das Unausgesprochene dieser Freundschaft, das Fundament, auf dem sie ruhte. Eine richtige Männerfreundschaft ... das ist wie ein Eisberg: Nur das letzte Viertel sieht aus dem Wasser. Der Rest schwimmt unten; man kann ihn nicht sehn. Klamauk[3] – Klamauk ist nur schön, wenn er auf Ernst beruht.

„Karlchen", sagte ich unvermittelt[4], „was wird aus uns mal? Ich meine ... so später ... im Alter ...?" Er antwortete nicht gleich. Dafür die Prinzessin: „Daddy, weißt du noch, was auf der alten Uhr stand, die wir in Lübeck zusammen gesehen haben und die wir damals nicht kaufen konnten?" – „Ja", sagte ich. „Es stand drauf: Lasset die Jahre reden." Ich sah sie an, und sie gab den Blick zurück: Wir fassten uns mit den Augen bei den Händen. Sie war bei mir. Sie gehörte dazu. Sie sorgte für mich.

Als wir aber nach Hause kamen, lag da für die Prinzessin ein großer Strauß aus Mohrrüben, Petersilie und Sellerie. Der war von Karlchen, denn so liebte er, wenn er liebte.

Es war ein bunter Sommertag – und wir waren sehr froh. Morgens hatten sich die Wolken rasch verzogen; nun legte sich der Wind, und

[1] **schlafen, schläft, schlief, hat geschlafen mit jmdm.** Geschlechtsverkehr, Sex haben
[2] **begehren** unbedingt haben wollen
[3] **r Klamauk (nur Sing.)** umgangssprachlich für Aufregung, Albernheit
[4] **unvermittelt** plötzlich

große, weiße Wattebäusche leuchteten hoch, am blauen Himmel, sie ließen die gute Hälfte unbedeckt und dunkelblau – und da stand die Sonne und freute sich. Wir gingen nach dem Essen nicht schlafen, sondern in die Felder.

„Lydia“, sagte ich, „wir wollen doch mal zum Kinderheim gehn!“ Und wir gingen. „Guck – das wird das Kinderheim sein!“ sagte Karlchen. Auf einem kleinen Hügel lag ein langgestrecktes Haus; das war es sicherlich. Wir gingen langsam näher. Es war ganz still. Wir blieben stehn. „Müde?“ – Und wir lagerten uns auf dem Moos[1] und ruhten. Lange, lange.

Plötzlich knallte im Haus eine Tür – es war wie ein Schuss. Stille. Die Prinzessin hob den Kopf. „Ob wir wohl die strenge Leiterin zu sehen be ...“, ich sprach nicht zu Ende. Eine kleine Tür an der Querseite des Hauses hatte sich geöffnet, und heraus stürzte ein kleines Mädchen. Es lief wie ein blinder Mensch, nein, wie ein Tier: Es lief erst ein kleines Stück ganz gradeaus, dann blickte es auf, und mit einer blitzschnellen Bewegung schlug es einen Haken[2] und lief uns grade in die Arme. „Na ... na“, machte ich. Das Kind sah auf: wie wenn es aus einem langen Schlaf erwachte. Sein Mund öffnete sich, schloss sich wieder, die Lippen zitterten, es sagte nichts. Nun erkannte ich es: Wir hatten es auf unserm Spaziergang mit den andern getroffen.

Da ließ das kleine Mädchen den Kopf sinken und fing an zu weinen ... ich hatte so etwas noch niemals gehört. Die Prinzessin beugte sich hinunter. „Was ... was ist denn–“ und wischte der Kleinen die Tränen ab. „Was hast du denn? Wer hat dir denn etwas getan?“ Das Kind

[1] **s Moos, e** weiche Pflanzendecke, meist im Wald

[2] **einen Haken schlagen, schlägt, schlug, hat geschlagen** plötzlich die Richtung wechseln

schluchzte. „Ich ... Lisa Wedigen hat gestohlen, sie will mich hauen[1], sie will uns alle hauen, ich bekomme heute nichts zu essen – ich will zu Mutti! Ich will zu Mutti!“ – „Wo ist denn deine Mutti?“, fragte die Prinzessin. Die Kleine antwortete nicht; sie starrte ängstlich auf das Haus und machte eine Bewegung, als wollte sie fortlaufen. „Nun bleib mal da – wie heißt du denn?“ – „Ich heiße Ada Collin.“ – „Und wo ist deine Mutti?“ – „Mutti ...“, sagte das Kind, und dann etwas, was man nicht verstand. „Wohnt deine Mutti sonst auch hier?“ Das Kind schüttelte den Kopf. „Wo denn?“ – „In der Schweiz. In Zürich ...“ – „Na und?“, fragte ich. So dumm können nur Männer fragen. Wir standen herum, etwas ratlos. „Warum bist du denn weggelaufen – nun erzähl mal alles -“, fing die Prinzessin wieder an.

„Die Frau Adriani haut uns ... sie hat uns heute kein Essen gegeben ... ich will zu Mutti ... ich will zu Mutti ...!“ Karlchen dachte wie stets scharf und schnell. „Lass uns doch mal aufschreiben, wo die Mutter wohnt“, sagte er. Das Kind schluckste. „In Zürich.“ – „Na ja, aber wo da ...?“ – „Sie kommt, sie kommt!“, schrie das Kind und riss sich los. Wir hielten es fest und sahen auf.

Im Hause hatte sich die Haupttür geöffnet, und aus ihr trat schnell und energisch eine rothaarige Frau. Sie kam rasch auf uns zu. „Was machen Sie da mit dem Kind?“, fragte sie, ohne Begrüßung. Ich nahm den Hut ab. „Guten Tag!“, sagte ich höflich. Die Frau sah mich nicht einmal an. „Was tut das Kind bei Ihnen?“ – „Es ist hier aus dem Haus gelaufen und hat geweint“, sagte Karlchen. „Das Kind ist ein Ausreißer[2] und ein Tunichtgut[3]. Es ist heute schon einmal weggelaufen. Geben Sie das Kind her und kümmern Sie sich nicht um Sachen, die Sie nichts angehn[4]!“ – „Langsam, langsam“, sagte

[1] **hauen** schlagen
[2] **r Ausreißer, -** Person, die wegläuft
[3] **r Tunichtgut** Person, die nichts Gutes tut, faul ist
[4] **angehen, ging an, ist angegangen** betreffen

ich. „Das Kind hat so furchtbar geweint; es behauptet, Sie hätten es geschlagen." Die Frau sah mir fest ins Gesicht, kampfbereit. „Ich? Ich habe es nicht geschlagen. Hier werden keine Kinder geschlagen. Ich habe die elterliche Gewalt[1] über das Kind, ich habe das schriftlich. Was fällt Ihnen denn ein? Bei mir herrscht Zucht[2] und Ordnung ... Das ist mein Haus!", schrie sie plötzlich laut und deutete auf das Gebäude. „Das mag sein", sagte ich. „Aber hier stimmt doch etwas nicht – das Kind kommt in Todesangst da herausgelaufen und ..." Die Frau riss das Kind an der Hand und blitzte[3] mich böse an. „Ich bin hier die Leiterin! Ich!" In ihren grünen Augen stand ein Flämmchen ... Hitze strahlte von der Person aus. Die Frau riss abermals an dem Kind; sie riss wie an einer Sache, ich fühlte: Sie meinte nicht das Mädchen, sie meinte ihre Herrschaft über das Mädchen.

Das Kind war grün vor Angst, sie zog es hinter sich her; niemand sprach. Jetzt war sie am Haus. Nun verschwanden die beiden durch die große Tür, die Tür schloss sich, ein Schlüssel knirschte. Aus. Da standen wir. Die Prinzessin steckte ihr Taschentuch fort. „Ich habe ihr leise gesagt, wir kämen nach einer halben Stunde an das Haus – sie soll versuchen, uns auf einem Zettel die Adresse herauszuschmuggeln[4]. Legen wir uns ein bisschen auf die Wiese", sagte die Prinzessin. Wir legten uns.

„Ihr meint, wir gehn nachher noch mal an das Haus?", fragte Karlchen zweifelnd. „Natürlich gehn wir", sagte die Prinzessin, „wir müssen helfen." Und da stieg in mir etwas auf, es war eine so dumpfe Wut, dass ich aufstehen und tief einatmen musste – verwundert sahen mich die beiden an. Plötzlich spürte ich dieselbe Lust an der Zerstörung[5], am Leiden der andern; diese Frau leiden machen zu

[1] **e Gewalt (nur Sing.)** hier: Recht, zu entscheiden
[2] **e Zucht (nur Sing.)** veraltet für: Disziplin
[3] **blitzen** hier: anschauen
[4] **herausschmuggeln** herausbringen, ohne dass jemand etwas sieht
[5] **e Zerstörung, en** Destruktion

können ... Ich kannte den Mechanismus dieser Lust: sie war doppelt gefährlich, weil sie ethisch unterbaut[1] war; quälen[2], um ein gutes Werk zu tun ... das ist ein sehr verbreitetes Ideal. „Gehn wir?“ Wir gingen.

Still war alles. Weit sah man von hier hinaus, am Haus vorbei, ins Land. Da lag der Mälarsee, da das Schloss Gripsholm, rot, mit den dicken Kuppeln[3], und der Mischwald. Tannen und Birken.

„Pst!“, machte die Prinzessin. Wir gingen nah am Haus vorbei. Die Prinzessin blickte überall umher.

„Rasch!“ sagte sie – sie lief auf einen weißen Fleck zu, der unweit des Hauses im Grase war ... da lag ein kleines Stück Papier. Hinten wandelte Karlchen langsam am Zaun vorbei. Die Prinzessin bückte sich, sah das Papier an, hob es auf und schritt rasch weiter. Wir beeilten uns, bis wir aus der Umgatterung heraus waren. „Na?“, sagte Karlchen. Die Prinzessin blieb stehn und las vom Papier: Collin Zürich Hottingerstrase 104. Die Rückseite eines Kalenderblatts, und eine kraklige Kinderhandschrift. „Strase“ war mit einem s geschrieben. „Auf in den Kampf“ – pfiff Karlchen. Zurück nach Gripsholm.

Alle drei redeten auf einmal. „Mal langsam“, sagte das kluge Karlchen. „Wir schreiben jetzt erst mal an die Frau einen vernünftigen Brief. Und da muss drinstehn ...“ In unserem Brief war knapp und klar erzählt, was wir gesehen hatten, und dass wir uns nicht in die Collinschen Familienangelegenheiten[4] einmischen[5] wollten. Sie brauchte sich nicht zu beunruhigen, wir würden inzwischen sehen, was sich machen ließe – aber sie möchte uns erlauben, einmal mit ihr zu telefonieren. „So“, sagte die Prinzessin und klebte zu. „Das hätten

[1] **unterbauen** hier: mit Argumenten sichern
[2] **quälen** Leid zufügen
[3] **e Kuppel, n** ein Raum in Form einer Halbkugel über einem anderen Raum
[4] **e Familienangelegenheit, en** Dinge, die die Familie betreffen
[5] **sich einmischen in etw.** intervenieren, obwohl es einen nichts angeht

wir. Gleich weg mit ihm. Auf die Post –!“ Als der Brief in den Kasten plumpste, fiel uns je ein Stein vom Herzen[1].

„Gib mir mal ‘n Zigarettchen!“, sagte Karlchen, der gern andrer Leute Zigaretten rauchte und ihre Zahnpasten benutzte. („Freundschaft muss man ausnutzen[2]“, pflegte[3] er zu sagen.)

„Wisst ihr auch“, sagte er in die abendliche Stille, während wir langsam durch die Straßen von Mariefred gingen und uns die Schaufenster ansahen, „dass ich morgen abend fahre?“ Bumm – das hatten wir vergessen. Die acht Tage waren um – ja – „Wollen Sie nich noch ‘n büschen bei uns bleiben, Karling?“, fragte die Prinzessin. „Gnädigste“, sagte er, „leider läuft mein Urlaub ab – ich muss. Ich muss!“

Wir brachten ihn am nächsten Abend an den Bahnhof und die beiden gaben sich einen Abschiedskuss, der mir reichlich lang erschien. Und dann musste er einsteigen, und wir standen am Wagen. Als der Wagen anfuhr, sprach er freundlich: „Fritzchen, ich habe deine Zahnpaste mitgenommen!“, und ich warf vor Aufregung meinen Hut nach ihm, und der trudelte beinahe unter die Räder, und dann winkte er. Dann verschwand das Bähnlein um die Ecke, und wir sahen gar nichts mehr.

[1] **Herzen, ein Stein vom Herzen fallen** fällt, fiel, ist gefallen idiomatisch für: froh, erleichtert sein

[2] **ausnutzen** profitieren von

[3] **pflegen, etw. zu tun** etw. gewohnheitsmäßig, normalerweise tun

GOETHE-ZERTIFIKAT A2: SPRECHEN (von sich erzählen)

1 **Erzählen Sie Ihrem Partner/Ihrer Partnerin (ca. 3-4 Minuten), wie für Sie persönlich ein Freund/eine Freundin sein soll. Orientieren Sie sich an den Punkten im Schema. (Sie müssen aber nicht über alle Punkte sprechen und können auch andere Aspekte nennen.)**

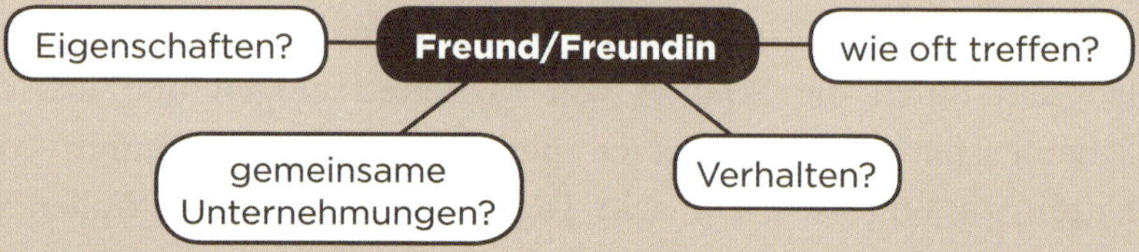

Wortschatz

2 **Schreiben Sie die passenden Wörter aus Kapitel 5 in das Worträtsel. Wenn Sie die Buchstaben in den farbigen Feldern senkrecht lesen, erhalten Sie das Lösungswort.**

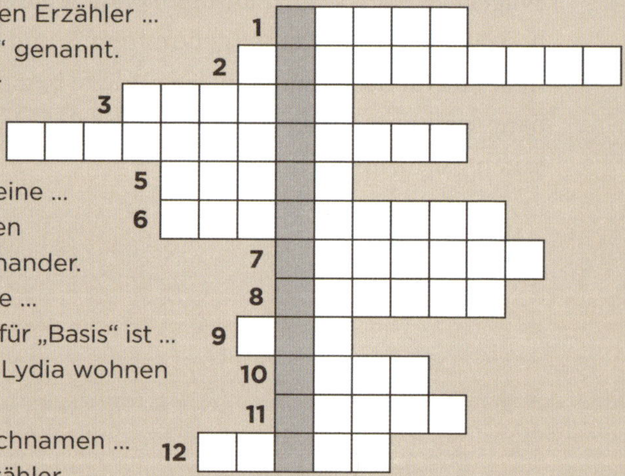

1 Karlchen nennt den Erzähler ...
2 Lydia wird „die ...“ genannt.
3 Es ist ein schöner Sommertag und am Himmel gibt es keine ...
4 Lydia und Karlchen sprechen ... miteinander.
5 Ada ist traurig. Sie ...
6 Ein anderes Wort für „Basis“ ist ...
7 Der Erzähler und Lydia wohnen in einem ...
8 Ada heißt mit Nachnamen ...
9 Lydia und der Erzähler haben in Lübeck eine interessante ... gesehen.
10 Ada läuft den drei Erwachsenen in die ...
11 Lydia entdeckt einen weißen ... im Gras- es ist ein Zettel.
12 Ada sagt: „Ich will zu ...“.

Grammatik

3 Ergänzen Sie die Sätze. Benutzen Sie Verneinungen.

Er hat Zeit. *Ich habe keine Zeit.*

1 Karlchen versteht Plattdeutsch.
Der Erzähler ______________________

2 Frauen nehmen die Arbeit ernst.
Männer ______________________

3 Der Erzähler und Lydia sagen etwas zu Ada.
Ada ______________________

4 Ada wohnt im Kinderheim.
Sie möchte ______________________

5 Karlchen, Lydia und der Erzähler kümmern sich um Ada. Frau Adriani sagt, sie sollen sich ______________________

VOR DEM LESEN

4 Was glauben Sie: Sind die Aussagen im nächsten Kapitel richtig (R) oder falsch (F)? Kreuzen Sie an.

		R	F
1	Der Erzähler und Lydia bekommen noch einmal Besuch.	☐	☐
2	Die beiden streiten sich und Lydia fährt nach Hause.	☐	☐
3	Ada läuft aus dem Kinderheim weg und wohnt dann im Schloss.	☐	☐
4	Frau Collin schreibt Lydia und dem Erzähler einen Brief.	☐	☐
5	Frau Adriani versteht, dass Ada nicht mehr im Kinderheim leben möchte und zu ihrer Mutter will.	☐	☐
6	Der Erzähler muss weinen, als er das Grab von Adas Bruder sieht.	☐	☐

Kapitel 6

Eine Freundin

Wir turnten[1]. Lydia turnte, ich turnte – und hinten unter den Bäumen kugelte sich Billie umher. Billie hieß Sibylle und war eine Mädchenfrau. „Wie findest du sie?", fragte die Prinzessin und deutete mit dem Kopf zu den Bäumen hinüber. „Gut", sagte ich. „Das ist mal ein nettes Mädchen: lustig; verspielt; ernst, wenn sie will – komm an mein Herz!" – „Wer?" – „Sie." – „Daddy, diese Dame hat sich eben erst von ihrem Freund getrennt, aber in aller Freundlichkeit." – „Wer war das doch gleich?" – „Der Maler. Ein anständiger[2] Junge – aber es ging nicht mehr. Frag sie nicht danach, sie mag nicht davon sprechen." – „Wie lange kennt ihr euch eigentlich?" – „Na, gut und gern zehn Jahre. Billie ... das ist eben mein Karlchen, weißt du? Ich mag sie. Und zwischen uns hat noch nie ein Mann gestanden."

Sibylle kam herüber. Es war schön, sie laufen zu sehn; sie hatte lange Beine, einen gestrafften Oberkörper, und ihr dunkelblaues Schwimmkostüm leuchtete auf dem rasigen Grün.

„Hübsch, dass du hergekommen bist", sagte die Prinzessin und kitzelte Billie mit einem langen Halm[3] am Nacken, ganz leise. „Wir

[1] **turnen** Gymnastik machen
[2] **anständig** korrekt, gut
[3] **r Halm, e** Stiel, Stängel einer Pflanze, z.B. Grashalm

hatten vor, hier wie die Einsiedler[1] zu leben – aber dann war erst sein Freund Karlchen da, und jetzt du – aber es ist doch so schön still und friedlich ... nein ... wirklich ...“ sagte sie zu Billie und lachte. Ich liebte sie wegen dieses Lachens. Billies Körper war braun, von Natur oder von der Sonne der See, woher sie grade kam.

Sie hatte zu dieser getönten Haut rehbraune Augen und merkwürdigerweise blondes Haar – echtes blondes Haar ... es passte eigentlich gar nicht zu ihr. Wenn sie so dasaß, die Beine angezogen, die Hände unter den Knien, dann war sie wie eine schöne Katze. Man konnte sie immerzu ansehn.

„Was war das gestern abend für ein Schnaps, den wir getrunken haben?“, fragte Billie langsam. „Es war schwedischer Kornbranntwein. Wenn man so wie wir nur ein Glas trinkt, erfrischt er und ist angenehm.“ – „Ja, sehr angenehm ...“ Wir schwiegen[2] wieder und ließen uns von der Sonne bescheinen. Der Wind atmete über uns her. Meist bildeten die beiden eine Einheit – nicht etwa gegen mich ... aber ein bisschen ohne mich. Wenn ich dann neben ihnen ging, fühlte ich plötzlich jenes ganz alte Kindergefühl, das die kleinen Jungen manchmal haben: Frauen sind fremde, andre Wesen[3], die du nie verstehen wirst. Was haben sie da alles, wie sind sie unter ihren Röcken ... wie ist das mit ihnen!

Man sagt immer: Frauen hassen einander. Vielleicht, weil sie sich so gut kennen? Sie wissen zu viel, eine von der andern – nämlich das

[1] **r Einsiedler,** - Person, die allein lebt und kaum Kontakt zu anderen Menschen hat

[2] **schweigen, schwieg, hat geschwiegen** nichts sagen

[3] **s Wesen,** - Kreatur

Wesentliche[1]. Und das ist bei vielen gleich. Wir andern haben es da wohl schwieriger.

Da saßen sie in der Sonne und schwatzten, und ich fühlte mich wohl. Ich fühlte mich geborgen bei ihnen. Nun war Billie vier Tage bei uns, und in diesen vier Tagen hatten wir miteinander keine schiefe[2] Minute gehabt ... es war alles so leicht und fröhlich.

„Was nehmen wir denn dem Kind nun mit?“ „Bonbons“, schlug Billie vor. „Nein“, sagte ich, „das wird ihr die Alte verbieten – oder sie muss sie an alle austeilen.“ – „Wir gehn Knöpfchen kaufen“, sagte die Prinzessin. „Ich werde schon was finden. Kommt!“ Wir gingen.

„Dem Kind nehmen wir eine Puppe mit“, sagte die Prinzessin. „Komm mal rüber! Ach, bleibt da – ich werde schon ... nein, Billie kommt mit!“ Einen winzigen Augenblick lang tat mir das leid; ich hätte gern mit Billie allein auf der Straße gestanden. Was hätten wir uns dann erzählt? Nichts, natürlich.

„Habt ihr?“ – „Wir haben“, rief Billie. „Zeigt mal“, bat ich. Die Prinzessin wickelte an dem Paket herum. Ich guckte hinein. Da lag ein Schwedenmädchen, in der Landestracht[3] von Dalarne, bunt und lustig. Sie wurde wieder zugedeckt. „Ja, dann wollen wir mal ... Daddy, du greifst erst zu, wenn sie frech wird. Sag du die Einleitung, und dass wir den Brief von Frau Collin bekommen haben und alles, und dann werde ich mal mit ihr.“ – „Und ich?“, fragte Billie. „Du legst dich derweil in den Wald, Billie.“

[1] **s Wesentliche (nur Sing.)** das Wichtige
[2] **schief** hier: schlecht, unangenehm
[3] **e Landestracht (nur Sing.)** traditionelle Kleidung in einer bestimmten Region

Ich hatte Billies Arm genommen. „Arbeiten Sie hier eigentlich?", fragte Billie. „Nein, ich lege hier hier eine schöpferische[1] Pause ein ... Billie, Sie sind nett.", sagte ich ganz unvermittelt. „Das ist hübsch, wenn ihr euch gern habt!", sagte die Prinzessin. Ich hörte die Untertöne: in diesem Augenblick fühlte ich, dass es echte Freundinnen waren – hier war keine Spur von Eifersucht[2]. Wir hatten uns wirklich gern, alle drei.

Jetzt kam mir der Weg bekannt vor, da war das Gatter[3], und da lag das Kinderheim. Billie war langsam weitergegangen, wir kamen an die Tür. Keine Klingel. Wir klopften. Nach langer Zeit näherten sich Schritte, ein Mädchen öffnete. „Kan Ni tala tyska?" fragte ich. „Guten Tag ... ja, ja ... was wollen Sie denn?", sagte sie lächelnd. Sie freute sich offenbar, mit uns Deutsch sprechen zu können. „Wir möchten zu der Frau Adriani", sagte ich. „Ja ... ich weiß nicht, ob sie Zeit hat. Ich werde ... einen Augenblick mal ..." Jemand kam die Treppe herunter. Die Frau. „Guten Tag", sagten wir. „Guten Tag", sagte sie, ruhig. „Wir kommen im Auftrag der Frau Collin in Zürich und möchten gern einmal mit Ihnen wegen der Kleinen sprechen." – „Haben Sie ... einen Brief?", fragte sie lauernd[4]. „Jawohl." – „Bitte."

Sie ging voran und ließ uns in ein großes Zimmer, eine Art Saal. Sie sah uns fragend und kalt an. „Da hat uns die Frau Collin geschrieben, wir möchten nach ihrem Kind sehn – sie könnte diesen Sommer leider nicht nach Schweden kommen, hätte es aber gern, wenn sich von Zeit zu Zeit jemand um das Kind kümmerte." – „Um das Kind

[1] **schöpferisch** kreativ
[2] **e Eifersucht (nur Sing.)** Gefühl der Angst, dass eine geliebte Person jemanden lieber mag/mehr liebt
[3] **s Gatter, -** Zaun
[4] **lauernd** ungeduldig

kümmere ich mich", sagte Frau Adriani. „Es wäre gut, wenn wir die Kleine sprechen könnten." Frau Adriani stand auf, rief etwas auf Schwedisch zur Tür hinaus und kam zurück.

Das Kind näherte sich schüchtern dem Tisch, an dem wir saßen; es ging unsicher und kam nicht ganz nah heran. Wir sahen es an; das Kind sah uns an ...

„Na, Ada", sagte die Prinzessin, „wie geht es dir denn?" Die Frau Adriani ließ kein Auge von dem Kind. Das kleine Mädchen sprach wie hinter einer Mauer. „Danke ... gut ..."

„Ich soll dir auch einen schönen Gruß von deiner Mama bestellen", sagte die Prinzessin. „Und dann fragt sie hier in diesem Brief, ob das Grab von Will auch gut in Ordnung ist. Das war wohl dein kleiner Bruder?" – Das Kind wollte Ja sagen – aber es kam nicht dazu. „Das Grab ist in Ordnung", sagte Frau Adriani, „dafür sorge ich schon." „So, so ...", sagte die Prinzessin. „Und hier habe ich dir auch etwas mitgebracht, eine Puppe! Da! Spielst du denn auch schön mit den andern Mädchen?"

Das Kind sah angstvoll hoch und nahm die Puppe; seine Augen verdunkelten sich; es schluckte, schluckte noch einmal, ließ dann plötzlich den Kopf sinken und fing an zu weinen. Frau Adriani sprang auf und nahm das Kind bei der Hand.

„Einen Augenblick", sagte ich. „Ada, wenn du einmal etwas Wichtiges an deine Mutti zu bestellen[1] hast: Wir wohnen im Schloss

[1] **bestellen** hier: sagen

Gripsholm!" – „Hier wird gar nichts Wichtiges bestellt", sagte die Frau Adriani recht laut und ging mit der Kleinen schnell zur Tür. Wir standen auf. Frau Adriani kam zurück, sehr rot im Gesicht. Sie rief: „Auf der Stelle verlassen Sie mein Haus! Und probieren Sie es ja nicht noch einmal, hier herumzuspionieren[1]." Wir gingen langsam auf die Haustür zu und gingen stumm[2] hinaus. Als die Frau sah, dass wir schon an der Haustür standen, verfiel sie in hemmungsloses Gebrüll[3]. Die Tür schloss sich mit einem Knall. Bumm.

Wir gingen auf das Wäldchen zu, in dem Billie sein musste. Und schimpften[4] furchtbar auf die Frau Adriani. Und suchten Billie. „Billie! Billie!" Sie lag hinter einer kleinen moosigen Erhöhung und las. Wir erzählten, beide zu gleicher Zeit, und nun war aus Frau Adriani bereits ein feuerspeiender[5] Berg geworden, eine ganze Hölle von kleinen und großen Teufeln.

„Ich möchte mir mal das Grab ansehen." sagte die Prinzessin. „Und gleich, wenn wir nach Hause kommen," sagte die Prinzessin, „telefonieren wir mit Zürich. Seht ihr, da hinten liegt der Friedhof!"

Nun waren wir angelangt, da war eine kleine Holztür, und über die niedrige Steinmauer ragten alte Bäume. Es war ein alter Friedhof. „Welche Reihe ...? Warte mal, das hat sie hier im Brief aufgeschrieben. Achtzehnte ... nein, vierzehnte ... eins, zwei... vier, fünf ..." Wir suchten. „Hier", sagte Billie. Da war das Grab. So ein kleines Grab.

[1] **herumspionieren** neugierig nach etwas suchen
[2] **stumm** ohne etwas zu sagen
[3] **s Gebrüll (nur Sing.)** lautes Geschrei
[4] **schimpfen auf** negativ reden über
[5] **feuerspeiend** Feuer ausstoßend, spuckend (z.B. ein Drache)

WILHELM COLLIN GEBOREN ... GESTORBEN ... und ein paar windverwehte Blumen. Wir standen. Niemand sprach. Eine Träne fing ich nicht mehr, sie rollte. „Heul nicht", sagte die Prinzessin, die zwinkerte[1], „heul nicht! Die Sache ist viel zu ernst zum Weinen!"

Ich schämte[2] mich vor Billie, die uns mitleidsvoll[3] ansah. Ihre Augen blickten warm. Sie sagte leise etwas zur Prinzessin, und als nun beide zu mir herübersahen, fühlte ich, dass es etwas Freundliches gewesen sein musste. Ich vergaß, dass ich Billie begehrt hatte, und flüchtete[4] zu der Prinzessin.

[1] **zwinkern** die Augenlider mit schnellen Bewegungen bewegen, um jemandem ein Zeichen zu geben
[2] **sich schämen** jemandem ist etwas unangenehm
[3] **mitleidsvoll** man fühlt mit einer anderen Person
[4] **flüchten** vor einer Gefahr weglaufen

Leseverständnis

1 Beantworten Sie folgende Fragen.

1 Wie lange kennen sich Billie und Lydia schon?

____

2 Wie sieht Billie aus?

____

3 Was kaufen Lydia und Billie für Ada?

____

4 Wer geht zum Kinderheim?

____

5 Was macht Ada, als Lydia mit ihr spricht?

____

6 Wohin gehen Billie, Lydia und der Erzähler danach und warum gehen sie dorthin?

____

Grammatik

2 Schreiben Sie die passenden Satzverbindungen in die Lücken (Jede Verbindung muss einmal verwendet werden).

dass • weil • deshalb • dass • dann • wenn

1 „_________ man so wie wir nur ein Glas von dem Schnaps trinkt, erfrischt er und ist angenehm."
2 Vielleicht hassen sich Frauen, _________ sie sich so gut kennen?
3 In diesen vier Tagen hatten wir miteinander keine schiefe Minute gehabt, _________ war alles so leicht und fröhlich.
4 Der Erzähler sagt, _________ sie mit Frau Adriani sprechen möchten.
5 Ada schluckte, _________ ließ sie plötzlich den Kopf sinken und fing an zu weinen.
6 Frau Collin möchte, _________ sich jemand um Ada kümmert.

GOETHE-ZERTIFIKAT A2: LESEN

3 **Lesen Sie die Informationstafel in einer Jugendherberge und die Aufgaben. Kreuzen Sie an: Wohin müssen die Personen gehen (a, b oder c)?**

JUGENDHERBERGE BERLIN-ZENTRAL

4. Stock	Zimmer 350-500
3. Stock	Internet-Terminals (von 6-20 Uhr geöffnet), Café
2. Stock	Zimmer 200-349
1. Stock	Tagungs- und Konferenzraum 2, Bar (24 h geöffnet), Zimmer 100-199, Toiletten

Erdgeschoss: Touristeninformation und Rezeption, Internet-Terminals (24 h geöffnet), Zimmer 1-99; Küche und Speiseräume

Untergeschoss: Mehrzweckräume 1-3 (für Tanzgruppen, Theatergruppen und Chöre) Tagungs- und Konferenzraum 2, Toiletten

1 Michael ist Schauspieler. Mit seiner Theatergruppe will er ein neues Stück einproben.
- **a** ☐ Untergeschoss
- **b** ☐ 1. Stock
- **c** ☐ anderer Stock

2 Claudia ist mit ihrer Tochter in Berlin. Sie wollen sich im Zimmer ausruhen. Ihre Nummer ist 202.
- **a** ☐ 2.Stock
- **b** ☐ Untergeschoss
- **c** ☐ 1. Stock

3 Chris möchte E-Mails schreiben und dann schnell einen Kaffee trinken.
- **a** ☐ 1. Stock
- **b** ☐ 3. Stock
- **c** ☐ anderer Stock

4 Miriam wohnt im Zimmer 340. Sie möchte wissen, wie man zum Brandenburger Tor kommt.
- **a** ☐ Erdgeschoss
- **b** ☐ 2. Stock
- **c** ☐ Untergeschoss

5 Anna will ihre Freundin Monika besuchen, die im Zimmer 480 wohnt.
- **a** ☐ 2. Stock
- **b** ☐ Erdgeschoss
- **c** ☐ anderer Stock

Kapitel 7

Gespräch mit Adas Mutter

In Gripsholm meldeten wir Zürich an.

Draußen fiel der Regen. „Das ist aber ein fröhlicher Regen", sagte Billie. Das war er auch. Er rauschte kräftig, oben am Himmel zogen schwarz-braune Wolken rasch dahin, vielleicht waren nur wir es, die so fröhlich waren, trotz alledem. Das war schön, hier in der trockenen Stube[1] zu sitzen und zu sprechen.

Es hatte geklopft. Ein Kopf in der Tür. „Das Telefon? Zürich!" Wir liefen alle drei. „Hallo!" Nichts. Wie immer bei Ferngesprächen: erst nichts. Man hörte es in der Membrane leise surren. „Mariefred? Bitte melden Sie sich!" – Und dann deutlich, aber leise eine klagende Stimme. Frau Collin. „Hier ist Frau Collin. Sie haben mir geschrieben? Wie geht es denn Ada?" – „Ich will Sie nicht beunruhigen – aber sie muss da heraus." – „Ja, warum denn? Um Gottes –„ – „Nein, mit der Gesundheit ist das Kind in Ordnung. Aber ich schreibe Ihnen heute Abend noch einmal ausführlich[2] – diese Frau Adriani ist eine unmögliche Erzieherin. Das Kind macht einen so verängstigten Eindruck, es ..."

Und ich packte aus[3]. Ich schmetterte es alles aus mir heraus, die ganze Wut und das ganze Mitleid und meine Abscheu[4] vor solchen

[1] **e Stube, n** Wohnraum, Zimmer
[2] **ausführlich** genau
[3] **auspacken** umgangssprachlich für: alles erzählen
[4] **e Abscheu (nur Sing.)** sehr negatives Gefühl, wenn man etw./jmdn. überhaupt nicht mag

Herrschweibern ... alles packte ich aus. Und die Prinzessin wackelte wild hetzend mit der Faust. Frau Collin blieb einen Augenblick still. „Hallo?“ – „Ja, was machen wir denn da ...?“ „Ich schlage Ihnen vor, dass Sie uns einen Brief schreiben, mit dem wir das Kind abholen können.

Schicken Sie uns bitte einen Scheck[1] über das, was Sie dort mutmaßlich schuldig sind ... wenn's mehr ist, will ich das gern auslegen[2]. Und schreiben Sie es nicht der Frau: sonst wird sie das Kind nicht gleich entlassen, sondern sie wird es noch quälen – schreiben Sie also uns. Ihre Schrift kennt die Frau Adriani ja. Also, einverstanden?“

Pause der Unentschlossenheit[3]. „Ja, wenn Sie meinen ... Ach ... aber wo soll ich denn dann mit dem Kind hin?“ – „Ich habe in der Schweiz zu tun – ich bringe Ada zu Ihnen, und wir werden schon anderswo etwas für sie finden; aber da muss sie heraus. Einverstanden?“

Die Stimme klagte, klang aber ein wenig fester. „Es ist so nett, wie Sie mir helfen. Sie kennen mich doch gar nicht!“ Und noch einiges verbindliche Hin und Her. Knack. Abgehängt. Aus. Die beiden tanzten einen wilden Tanz, einmal ums ganze Zimmer.

Ich behielt den Hörer noch einen Augenblick in der Hand. „Gott sei Dank ...“, sagte ich. Ich berichtete. Und dann tanzten wir alle drei.

„Dascha wunnerbor![4]“ sagte Lydia. „Wann kann ihr Brief hier sein? Heute ist Dienstag. Mittwoch ... Donnerstag ... In drei Tagen, wie?“ Wir schrien alle durcheinander und waren so vergnügt. Dann gingen wir zum Essen.

[1] **r Scheck, s** Gutschrift, die man bei der Bank gegen Geld eintauschen kann

[2] **auslegen** einen Betrag für eine Person bezahlen, den man später zurückbekommt

[3] **e Unentschlossenheit** fehlende Fähigkeit, etwas entscheiden zu können

[4] *Hochdeutsch* „Das ist ja wunderbar!“

Ich gähnte verstohlen. „Ich schreibe noch den Brief an die Frau. Löst ihr nur euer Silbenrätsel[1] " Sie lösten. Ich schrieb.

So, das war fertig. „Ich bringe ihn noch auf die Post!"

Es regnete. Schön ist das, durch so einen frischen Regen zu gehn ... Der Regen befeuchtete mir die Lippen; ich schmeckte ihn und atmete tief: Es ist doch hier weiter gar nichts. Ferien, Schweden, die Prinzessin und Billie – aber dies ist einer jener Augenblicke, an die du dich später einmal erinnern wirst: Ja, damals, damals warst du glücklich. Und ich war es und dankbar dazu.

Zurück. „Billie schläft heute bei mir", sagte die Prinzessin. „Du kannst nebenan in der Kemenate schlafen!" – „Hurra!", riefen die beiden. „Macht es Ihnen etwas?", fragte mich Billie. „Aber ...!" Und sie lief davon und holte ihre Sachen. „Du gefällst ihr, mein Sohn", sagte die Prinzessin. „Ich kenne sie. Ist sie nicht wirklich nett?"

Es war kein alter Bordeaux – aber es war ein schwerer Bordeaux. Das Zimmer lag im abgeblendeten Schein der Lampen, es war so warm und heimlich[2].

Die Damen wollten schlafen gehn. „Schon?", fragte ich. „Aber wenn ihr im Bett seid", sagte ich, „dann lasst die Tür noch offen – damit ich höre, was ihr euch da erzählt!" Ich ging und zog mich aus. Wo aber war mein Eau de Cologne? Ich klopfte. Mein Eau de Cologne war da drin – so ging das nicht! Ich klopfte wieder. Geraschel.

„Ja?" Ich trat ein. Sie lagen im Bett, Billie in meinem: sie hatte einen knallbunten Pyjama an, auf dem hundert Blumen blühten. Sie lächelte ruhig in ihr Rätselblatt. Sie war beinah schön.

[1] **s Silbenrätsel,-** Kreuzworträtsel,

[2] **heimlich** hier veraltet für: gemütlich, wohlig

„Was willst du?“, fragte die Prinzessin. „Mein Eau ...“ – „Haben wir alles verbraucht!“, sagte sie. „Nun wein nicht – ich kauf dir morgen neues!“ Ich brummte.

„Wenn wir dich brauchen, rufen wir dich... Gute Nacht darfst du auch sagen!“ Ich ging an sie heran und sagte artig[1] zu jeder gute Nacht, mit zwei tiefen Verbeugungen.

„Billie, was haben Sie für ein schönes Parfüm!“ Sie sagte nichts; ich wusste, was es war. Das Parfüm „arbeitete“ auf ihrer Haut – es war nicht das Parfüm allein, es war sie. Und sie hatte für sich das richtige ausgewählt. Die Prinzessin bekam einen Kuss. Dann ging ich. Die Tür blieb offen.

„Halbedelstein -“, hörte ich Billie sagen. „Halbedelstein ... Saphir ... nein. Rubin ... nein. Opal ... auch nicht.“ –

„Topas!“, rief ich aus meinem Zimmer. „Ja – Topas! Du bist ein kluges Kind!“, sagte die Prinzessin. „Nun – nein, so geht das nicht – lass doch mal -“ Jetzt rauften[2] sie, die Betten rauschten, Papier knatterte ... „Hiii –!“, rief Billie in einem ganz hohen Ton. Etwas zerriss[3].

„Du dumme Person!“, sagte die Prinzessin. „Komm – jetzt schreiben wir das noch mal auf dies Papier... da stimmt doch was nicht! Wir haben eben falsch ausgestrichen

...“ Sie waren sehr eifrig[4] bei der Arbeit. Pause. Die Prinzessin: „Hauch ... Was ist Hauch?“ – „Atem!“, sagten Billie und ich gleichzeitig. Es war wie ein Einverständnis. Wieder raschelten sie. „Das ist ja ganz falsch!“ Jetzt waren sie offenbar am Ende ihres Lateins[5], denn nun wurde es ganz still – man hörte gar nichts mehr.

[1] **artig** gehorsam, brav
[2] **raufen** ringen, kämpfen
[3] **zerreißen, zerriss, ist zerrissen** Papier zerreißt, wenn es kaputt geht
[4] **eifrig** fleißig
[5] **am Ende seines Latein sein** idiomatisch für: nicht mehr weiterwissen

„Ich weiß nicht ...“, sagte die Prinzessin. Beide: „Wir wissen nichts.“ – „Es muss ein Erwachsener kommen“, sagte ich. „Da lasst mich mal ran.“

Und ich stand auf und ging hinein. „Also – gebt mal her!“ Ich las, warf das Papier herunter, hob es wieder auf und probierte mit dem Bleistift auf einem neuen Blatt. Die beiden sahen spöttisch[1] zu. „Na?“ – „So schnell geht das nicht!“ – „Er weiß ja auch nicht!“, sagte Billie.

„Wir wollen erst mal alle in den Rotwein steigen!“, sagte ich. Das geschah.

Und dann lagen sie wieder beide bäuchlings an ihrem Blatt und lösten. Und es ging nicht vorwärts, Billie hatte die Haare aus der Stirn gestrichen und sah wie ein Baby aus. Wie rund ihr Gesicht war, wie rund.

Ein Windstoß fuhr gegen die Scheiben, draußen trommelte der Nachtregen. „Kalt ist das ...“, sagte ich. „Komm zu mir!“, sagte die Prinzessin. „Du erlaubst doch, Billie?“ Billie erlaubte. Ganz still lag ich neben der Prinzessin.

[1] **spöttisch** negativ bewertend

Wortschatz

1 Ersetzen Sie die kursiv gedruckten Wörter durch passende Wörter aus dem Kasten oben.

schnell • schlecht behandeln • Moment • zum Glück • fast • fröhlich • beschwerte sich • auf dem Bauch • schlechte

1 Oben am Himmel zogen schwarz-braune Wolken *rasch* dahin.

___

2 Frau Adriani ist eine *unmögliche* Erzieherin.

___

3 Frau Collin blieb einen *Augenblick* still.

___

4 Frau Collin soll den Brief nicht an Frau Adriani schicken. Sonst wird sie das Kind nicht gleich entlassen, sondern sie wird es noch *quälen*.

___

5 Die Stimme *klagte*, klang aber ein wenig fester.

___

6 „*Gott sei Dank!*", sagte ich.

___

7 Wir schrien alle durcheinander und waren so *vergnügt*.

___

8 Und dann lagen sie wieder beide *bäuchlings* an ihrem Blatt und lösten.

___

9 Sie war *beinah* schön.

___

Grammatik

2 Schreiben Sie die passenden Personal- und Reflexivpronomen (im Akkusativ oder Dativ) in die Lücken. (In Klammern stehen die Pronomen im Nominativ.)

1 „Hier ist Frau Collin. Sie haben ______ (ich) geschrieben?"
2 „Ich will ______ (Sie) nicht beunruhigen – aber sie muss da heraus."
3 „Ich schreibe ______ (Sie) heute abend noch einmal ausführlich.
4 „Ich schlage ______ (Sie) vor, dass Sie ______ (wir) einen Brief schreiben, mit dem wir das Kind abholen können."
5 Ich habe den Brief geschrieben. „Ich bringe ______ (er) noch auf die Post!"
6 „Du gefällst ______ (sie), mein Sohn", sagte die Prinzessin.
7 Ich ging und zog ______ (ich) aus.
8 Sie sah ______ (ich) an.
9 Die Prinzessin neben ____ (ich) rührte sich nicht.

VOR DEM LESEN

3 Was glauben Sie: Wie endet die Geschichte? Kreuzen Sie an (a oder b).

1 Frau Collin
 A ☐ schickt den Brief und Lydia und der Erzähler können Ada aus dem Kinderheim holen.
 B ☐ schickt keinen Brief und Lydia und der Erzähler fahren allein nach Deutschland zurück.
2 Der Erzähler und Lydia
 A ☐ gehen noch einmal zum Kinderheim und sprechen mit Frau Adriani.
 B ☐ schreiben Ada einen Abschiedsbrief.
3 Am Ende des Urlaubs
 A ☐ entscheiden Lydia und der Erzähler, im nächsten Jahr wieder nach Schweden zu fahren.
 B ☐ sind sie etwas traurig, dass sie nach Deutschland zurück müssen.

Kapitel 8

Der Urlaub geht zu Ende

▶ 5 Wir lagen am Seeufer. Ein paar Meter vor uns schaukelte ein Boot, unser Badeboot – das Wasser gluckste leise gegen das Holz, auf und ab, auf und ab ... Wenn man die Hand ins Wasser hielt, gab das ein winziges Kältegefühl, dann zog man sie wieder heraus, und dann trockneten die Tropfen in der Luft.

„Wo mag sie jetzt sein?", fragte ich. Die Prinzessin sah auf die Uhr: „Jetzt ist sie zwischen Malmö und Trälleborg", sagte sie; „in einer Stunde steigt sie auf die Fähre." Dann schwiegen wir wieder. Billie – dachte ich – Billie ...

Sie war abgefahren: leise, heiter, froh – und es war nichts gewesen, es war nichts gewesen. Ich war glücklich; es hatte keinen Schatten[1] gegeben. Gott sei Dank nein. Ich sah zur Prinzessin hinüber. Sie musste den Blick gespürt haben; sie öffnete die Augen.

„Wo bleibt die Frau Collin?!" Die Frau Collin hatte nicht geschrieben – und wir wollten doch fort. Wir mussten fort; unser Urlaub war abgelaufen. „Was machen wir?", fragte ich. „Warten? Wir können nun nicht mehr warten! Du musst am Dienstag zu Hause sein, und auf mich lauern sie auch. Mal muss der Mensch doch wieder arbeiten! Hier vertue[2] ich meine kostbare Zeit mit dir ..." Sie

[1] **r Schatten,** - entsteht auf dem Boden, wenn die Sonne auf eine Person oder einen Gegenstand scheint

[2] **Zeit vertun, vertat, hat vertan** Zeit verschwenden, sinnlos verbringen

hob drohend den Arm. Ich rückte ein Stückchen weg. „Aber wollen wir telefonieren? Ja?“ „Nun wollen wir erst mal zu Ende baden“, sagte die Prinzessin. Und wir schwammen.

Der Brief war da – ein dicker Brief. Sie riss ihn auf, und ich nahm ihn ihr fort, dann flatterten die Bogen[1] auf den Boden, wir sammelten sie auf und brachen in ein fröhliches Geschrei aus. Da war alles, was wir brauchten.

Die Schlossfrau kam herein. „Da ist ein Kind draußen“, sagte sie, „ein kleines Mädchen – sie weiß nicht, wie Sie heißen, aber sie sagt, sie will zu dem Mann und der Frau, die ihr eine Puppe gegeben haben, und sie weint die ganze Zeit und sie ist so rot im Gesicht ... Kennen Sie das Kind?“ Wir standen gleich auf. „O ja – das Kind kennen wir schon.“ Hinaus.

Sie war verweint, die Haare hingen ihr ins Gesicht. Als sie Lydia sah, lief sie rasch auf sie zu. „Was hast du denn? Was ist denn?“ Die Prinzessin beugte sich nieder und verwandelte sich aus dem Sportmädchen von heute morgen in eine Mama; nein, sie war beides. Die Schlossfrau stand dabei. Also?

Das rote Weib hatte das Kind geprügelt und so laut geschrien; das Kind war fortgelaufen. Und nun zitterte das Kind und zitterte und sah nach der Tür. Kam sie –? Frau Adriani würde sie holen. Frau Adriani würde sie holen. „So, Lydia – jetzt wisch mal dem Kind das Geheul ab und beruhige es ein bisschen, und ich werde mit dem süßen Schatz telefonieren! Würden Sie mich bitte mit dem Kinderheim verbinden[2]?“ Die Schlossfrau stellte viele Fragen, ich beantwortete sie. Sie sagte etwas Schwedisches in das Telefon, und dann saß ich da und wartete.

[1] **r Bogen,“** Papier

[2] **verbinden** hier: einen Telefonkontakt herstellen

„Kann ich Frau Adriani sprechen?“ Lange Pause. Dann eine harte Stimme. „Hier Frau Direktor Adriani!“ Ich meldete mich. Und da brach es drüben los. „Das Kind ist wohl bei Ihnen? Ja? Sie bringen mir auf der Stelle[1] das Kind zurück! Ich zeige Sie an! Wegen Kindesentführung[2]!“ „Wir sind in einer halben Stunde bei Ihnen!“, sagte ich. Ein Knack – es wurde abgehängt.

„Lydia“, sagte ich. „Ich werde mit der Alten schon reden – diesmal ist sie dran[3]. Aber die Sachen von dem Kind ... Es hilft nichts: wir müssen das Kind mitnehmen, sonst bekommen wir nicht alles!“ Und dann gingen wir. Wir wandten uns zu der Kleinen, die unruhiger wurde mit jedem Schritt, der uns dem Kinderheim näher brachte. „Darf ich auch wieder heraus? Aber sie lässt mich ja nicht – sie lässt mich ja nicht!“ – „Wir müssen doch deine Sachen holen, und du brauchst keine Angst zu haben ...“

Frau Adriani stand unten in der Halle. Als sie unsre Schritte hörte, drehte sie sich blitzschnell um. „Kann ich Sie wohl mal sprechen?“, sagte ich sanft. – „Was ... wir haben uns nichts zu sagen!“ – „Vielleicht doch.“ Wir gingen alle in den Esssaal. „Also das Kind ist zu Ihnen gelaufen! Sie wird nicht mehr weglaufen – das kann ich Ihnen versprechen[4].“ „Das Kind muss doch einen Grund gehabt haben, wegzulaufen!“, sagte ich. „Nein. Das hat es gar nicht gehabt. Es hat keinen Grund gehabt.“ – „Hm. Und was werden Sie nun mit ihm machen?“ – „Ich werde es bestrafen“, sagte Frau Adriani satt und hungrig zugleich.

„Nun ... behandeln Sie denn alle Kinder so? Man muss manchmal streng sein, gewiss, aber die Kinder so zur Verzweiflung[5] treiben ...“ „Ich habe meine Grundsätze. Solange ich die Macht über das Kind

[1] **auf der Stelle** sofort
[2] **e Kindesentführung, en** Mitnahme eines Kindes gegen seinen Willen
[3] **dran sein** umgangssprachlich für: sich verantworten müssen
[4] **versprechen, versprach, hat versprochen** hier: versichern
[5] **e Verzweiflung (nur Sing.)** Hilflosigkeit, Hoffnungslosigkeit

habe..." Ich sah ihr fest in die Augen ... einen Augenblick lang noch ließ ich sie zappeln[1] in ihrer wahnwitzigen[2] und ungeduldigen Wut. Immer liefen ihre flinken Augen von uns zu dem Kind und wieder zurück, sie wartete auf das Kind. Ich überlegte[3], wie viele Menschen auf der Welt in der Gewalt solcher da sein mochten.

„Das Kind wird nicht bei Ihnen bleiben", sagte ich. „Waaas –?" brüllte sie und stemmte die Arme in die Seite. „Wir nehmen das Kind zu seiner Mutter zurück. Hier ist ein Brief von Frau Collin, hier ist ein Scheck ... wir werden gleich bezahlen ..." Über das Gesicht der Frau lief ein Schreck. „Das ist der Brief. Die Unterschrift ist beglaubigt[4]." Frau Adriani riss ihn mir aus der Hand.

Dann warf sie ihn der Prinzessin vor die Füße. „Das ist der Dank!", schrie sie. Dafür habe ich mich um diesen verwahrlosten Balg[5] gekümmert! Dafür habe ich für sie gesorgt! Aber das ... das haben Sie der Frau Collin eingeredet! Sie haben sie aufgehetzt! Sie haben mich verleumdet[6]! Raus! Sie ...!" – „Wir nehmen also das Kind gleich mit. Sie werden augenblicklich die Sachen packen lassen und mir die Rechnung übergeben. Dafür bekommen Sie diesen Scheck." Geld! Geld war im Spiel! „Alle Sachen, und dann bekommen Sie ihr Geld. Nun?"

„Ich packe nicht. Gehn Sie selber nach oben und suchen Sie sich ihre Lumpen zusammen. Natürlich lasse ich Sie nicht allein hinaufgehn! Senta! Anna!" Es erschienen zwei Mädchen. Sie sagte zu ihnen etwas auf Schwedisch, das wir nicht verstanden. Wir gingen hinauf.

Aus allen Türen sahen Mädchenköpfe, verängstigte, neugierige, aufgeregte Gesichter. Mit einem Schwung öffnete sich die Tür, Frau

[1] **imdn. zappeln lassen** imdn. mit Absicht warten lassen, um später einen größeren Effekt zu erzielen
[2] **wahnwitzig** wahnsinnig, verrückt
[3] **überlegen** nachdenken
[4] **beglaubigt** offiziell als authentisch bestätigt
[5] **s Balg, "er** negativ für: unartiges Kind
[6] **verleumden** falsche negative Informationen über jemanden verbreiten

Adriani preschte ins Zimmer. „Ich will genau sehn, was sie mitnimmt! Am Ende eignen[1] Sie sich noch fremde Sachen an!“

Eine schlechte Verliererin war sie. Hier tobte der Urdrang[2] der Menschheit: der nach Macht, Macht, Macht. Und nichts trifft solch ein Wesen mehr als ein unerwarteter Aufstand[3]. Dann stürzt eine Welt ein.

Wir packten schweigend Adas Koffer. Er wurde geschlossen und wir trugen ihn hinunter. Das Kind ging eilig mit; es weinte nicht mehr. Ich hörte es einmal tief aufatmen. Ich gab Adriani den Scheck. Ich sah auf ihr Gesicht. Der Vorhang[4] war heruntergelassen – jetzt wurde nicht mehr gespielt. Das Stück war aus.

Langsam gingen wir aus dem Hause, in dem das Kind so viel gelitten hatte. Keiner von uns sah mehr zurück. Die Haustür wurde geschlossen.

Der letzte Urlaubstag ... Ich bin schon für die Reise angezogen.

Da steht Gripsholm. Warum bleiben wir eigentlich nicht immer hier? Man könnte sich zum Beispiel für lange Zeit hier einmieten, einen Vertrag mit der Schlossdame machen, das wäre bestimmt gar nicht so teuer, und dann für immer: blaue Luft, graue Luft, Sonne, Meeresatem, Fische und Grog – ewiger, ewiger Urlaub. Nein, damit ist es nichts. Wenn man umzieht, ziehen die Sorgen nach. Ist man vier Wochen da, lacht man über alles – auch über die kleinen Unannehmlichkeiten[5]. Sie gehen dich nichts an. Ist man aber für immer da, dann muss man teilnehmen.

Letzter Tag. So erfrischend ist das Bad in allen den Wochen nicht gewesen. So lau[6] hat der Wind nie geweht. So hell hat die Sonne nie geschienen. Nicht wie an diesem letzten Tag. Letzter Tag des Urlaubs – letzter Tag in der Sommerfrische! Letzter Schluck vom roten Wein, letzter Tag der Liebe! Noch einen Tag, noch einen Schluck, noch eine

[1] **sich etw. aneignen** etwas mitnehmen, was einem nicht gehört
[2] **r Urdrang, "e** starker innerer Wunsch, die schon immer beim Menschen existierte
[3] **r Aufstand, "e** Rebellion
[4] **r Vorhang, "e** hier: die Vorhänge im Theater, die am Anfang und am Ende des Stücks bewegt werden
[5] **e Unannehmlichkeit, en** kleines Problem
[6] **lau** angenehm (Temperatur, Wind)

Stunde! Noch eine halbe ...! Wenn es am besten schmeckt, soll man aufhören.

Großes Palaver[1] mit der Schlossfrau. „Tack ... danke ..." und: „Herzlichen Dank! ... Tack so mycket ..." und „Alles Gute!" – es war ein bewegtes und freundliches Hin und Her. Und dann nahmen wir Ada an die Hand, jeder griff nach einer Tasche, da stand der kleine Motorwagen ... Ab.

Wir rollten in Trelleborg ein. Es war spät abends; die weißen Bogenlampen schaukelten im Winde, und wir sahen zu, wie der Wagen auf die Fähre geschoben wurde. Das Kind schlief schon.

Ein großer Passagierdampfer rauschte durch das Wasser in den Hafen. Alle Lichter funkelten: vorn die Schiffslaternen, oben an den Masten[2] kleine Pünktchen, alle Kammern, alle Kajüten waren hellerleuchtet. Er fuhr dahin. Musik wehte herüber.

Whatever you do –

my heart will still belong to you –

Unsre Herzen fuhren ein Stückchen mit. Dann stand unser Wagen auf der Fähre. Das Schiff erzitterte leise. Die Lichter an der Küste wurden immer kleiner und kleiner, dann versanken sie in der blauen Nachtluft.

Wir standen an Deck. Die Prinzessin sog den salzigen Atem des Meeres ein. „Daddy – ich bedanke mich auch schon für diesen Sommer!" – „Nein, Alte – ich bedanke mich bei dir!" Sie sah über die dunkle See. „Das Meer ...", sagte sie leise, „das Meer ..." Hinter uns lag Schweden, Schweden und ein Sommer.

Später saßen wir im Speisesaal in einer Ecke und aßen und tranken.

[1] **s Palaver (nur Sing.)** Gerede

[2] **r Mast, e/en** hier: hohe Stange auf Schiffen, an denen die Segel befestigt werden

„Auf den Urlaub, Alte!" – „Auf was noch?"
„Auf Karlchen!" – „Hoch!"
„Auf Billie!" – „Hoch!"
„Auf die Adriani!" – „Nieder!"
„Auf deinen Generalkonsul!" – „Mittelhoch!"
„Up dat et uns wohl goh up unsre ohlen Dage[1] –!", sagte sie.

[1] *Hochdeutsch* „Auf dass es uns gut geht im Alter!"

Grammatik

1 Schreiben Sie die passenden Präpositionen in die Lücken.

1 Wir lagen ______ Seeufer.
2 Wenn man die Hand ______ Wasser hielt, gab das ein winziges Kältegefühl.
3 In einer Stunde steigt sie ______ die Fähre.
4 „Du musst ______ Dienstag zu Hause sein."
5 Sie sagt, sie will ______ dem Mann und der Frau, die ihr eine Puppe gegeben haben, und sie weint die ganze Zeit und sie ist so rot ______ Gesicht.
6 Als sie Lydia sah, lief sie rasch ______ sie zu.
7 „Ist das Kind ______ Ihnen?"
8 „Also das Kind ist ______ Ihnen gelaufen!"
9 „Und was werden Sie nun ______ ihm machen?"
10 Hier ist ein Brief ______ Frau Collin.
11 Dann stand unser Wagen ______ der Fähre

2 Formen Sie die Sätze im Präteritum ins Perfekt um.

Als sie Lydia sah, lief sie rasch auf sie zu.
Als sie Lydia gesehen hat, ist sie rasch auf sie zugelaufen.

1 Wir gingen alle in den Esssaal.
____

2 Ich sah ihr fest in die Augen
____

3 Aus allen Türen sahen Mädchenköpfe.
____

4 Mit einem Schwung öffnete sich die Tür.
____

5 Wir packten schweigend Adas Koffer.
____

6 Das Kind schlief schon.

____

7 Unsere Herzen fuhren ein Stückchen mit.

____

8 Dann stand unser Wagen auf der Fähre.

____

Wortschatz

3 Finden Sie die passenden Verben und verbinden Sie.

1	☐ die Hand ins Wasser	a	schreien
2	☐ auf die Uhr	b	packen
3	☐ laut	c	hören
4	☐ unruhig	d	werden
5	☐ Schritte	e	haben
6	☐ die Macht	f	halten
7	☐ die Sachen	g	sehen

4 Welches Wort passt nicht? Streichen Sie es durch.

1 Ufer - Boot - Wasser - einkaufen - schwimmen
2 prügeln - schreien - zittern - Geheul - lachen
3 wütend - ungeduldig - sanft - brüllen
4 aufhören - hell - erfrischend - Sommerfrische - Liebe

Kurt Tucholsky

Kindheit und Jugend

Kurt Tucholsky kommt am 9. Januar 1890 als ältester Sohn des jüdischen Bankkaufmannes Alex Tucholsky (1855-1905) und dessen Cousine Doris Tucholsky (1869–1943) in Berlin zur Welt. Seine zwei jüngeren Geschwister heißen Fritz und Ellen. Als der Vater stirbt, hinterlässt er der Familie ein großes Vermögen, sodass sie keine finanziellen Sorgen hat. Nach dem Abitur im Jahre 1909 beginnt Kurt ein Jurastudium in Berlin. Tucholsky interessiert sich bereits als Schüler für Literatur und schreibt für die satirische Wochenzeitschrift *Ulk*. Gegen Ende seines Studiums ist er sehr stark journalistisch engagiert und verzichtet deshalb auf eine mögliche Karriere als Anwalt.

Kurt Tucholsky 14-jährig mit seinen Geschwistern Ellen und Fritz.

Schriftsteller und Journalist

Am 9. Januar 1913 erscheint sein erster Artikel in der linksliberalen Theaterzeitschrift *Die Schaubühne*, die später in *Die Weltbühne* umbenannt wird.
In seiner mehrseitigen Rubrik „Auf dem Nachttisch" in der *Weltbühne*, rezensiert er insgesamt mehr als 500 literarische Werke. Als einer der ersten lobt er die Werke von Franz Kafka.

Politik und Gesellschaftskritik

Erinnerungstafel in Berlin.

Bekannt wird Tucholsky vor allem als politischer Autor. Er kritisiert die Zustände in der Weimarer Republik und besonders die Justiz, die in seinen Augen reaktionär ist. 1927 ruft er zu einer Revolution in Deutschland auf, die zur Änderung der undemokratischen Verhältnisse führen soll. 1929 veröffentlicht er die Textsammlung *Deutschland, Deutschland über alles*. Darin fasst Tucholsky alles zusammen, was er an Deutschland hasst. Gleichzeitig ist es aber auch eine „Liebeserklärung". Am Schluss des Werkes wird deutlich, dass Deutschland für ihn auch Heimat ist und immer bleiben wird.

Exil

Zu Beginn der 1930er Jahre wird Kurt Tucholsky klar, dass seine Warnungen und sein Eintreten für die Republik, für Demokratie und Menschenrechte ohne Wirkung geblieben sind. Der bekannte Schriftsteller Erich Kästner schreibt rückblickend über seinen Kollegen Tucholsky: „Er wollte mit der Schreibmaschine eine Katastrophe aufhalten". Tucholsky erkennt schon ein Jahr vor der Machtübernahme Hitlers die Gefahren des Nationalsozialismus. So schreibt er 1932: „Sie rüsten für die Reise ins Dritte Reich". Mittlerweile hat er seinen Wohnsitz ins schwedische Hindås (bei Göteborg) verlegt. 1933 werden seine Bücher in Deutschland verboten und im Zuge der *Bücherverbrennung* vernichtet. Außerdem wird ihm die deutsche Staatsbürgerschaft entzogen. Am 20. Dezember 1935 nimmt Kurt Tucholsky eine Überdosis Schlaftabletten. Einen Tag später stirbt er. Sein Grab befindet sich in Mariefred, in der Nähe des Schlosses Gripsholm.

ZUM WEITERLESEN

Autobiografisches in seinen Werken

Mit seiner Erzählung *Rheinsberg: Ein Bilderbuch für Verliebte* (1912), die wie Schloss Gripsholm einen leichten Ton hat, wird Tucholsky zum ersten Mal einem größeren Publikum bekannt. Inspiriert wurde er durch ein gemeinsames Wochenende mit seiner zukünftigen ersten Frau Else Weil im Jahr 1911.

Während des Ersten Weltkrieges schließt er eine lebenslange Freundschaft mit Erich Danehl und Hans Fritsch. Diese kommen im Roman *Schloss Gripsholm* als *Karlchen* und *Jakopp* vor.
Auch den Sommerurlaub, den Tucholsky 1929 mit seiner damaligen Geliebten Lisa Matthias in Schweden macht, verarbeitet er in *Schloss Gripsholm*. Sie hat Ähnlichkeit mit der Figur der Lydia.

Die böse und autoritäre Direktorin des Kinderheims in *Schloss Gripsholm* ähnelt dagegen seiner Mutter Doris, zu der er zeitlebens ein schlechtes Verhältnis hat.

Else Weil

ZUM WEITERLESEN

Mariefred und Schloss Gripsholm

Mariefred ist ein kleiner Ort am Mälarsee, südwestlich von Stockholm. Im Zentrum gibt es viele kleine Holzhäuser. Auf dem kleinen Friedhof des Ortes liegt Kurt Tucholsky begraben.

Bekannter als der Ort selber ist das direkt daneben gelegene Schloss Gripsholm, das berühmteste Schloss Schwedens.

Seinen Namen hat das Schloss von Bo Jonsson Grip, der es zwischen 1377 und 1383 als Festung errichtet. Seine heutige Form erhält es auf Veranlassung Gustav Wasas. Der schwedische König lässt das Schloss ab 1537 zu einer sechseckigen Anlage mit Türmen und einem Innenhof umbauen, aber erst Karl IX. vollendet das Werk. Hier verkündet Gustav Wasa 1547 die Erbmonarchie. Nach Wasas Tod war das Schloss Schauplatz bewegender und politisch brisanter Ereignisse Schwedens, etwa die Einkerkerung von Wasas Sohn Johan durch dessen Bruder, König Erik XIV.

Im Schloss kann man ein sehenswertes Turmtheater im Gustavianischen Rokokostil besichtigen. Außerdem gibt es eine Porträtsammlung mit über 4.000 Werken.

SELBSTKONTROLLE

Kreuzen Sie an: A, B oder C. (Es gibt nur eine richtige Lösung.)

1 Der Erzähler fährt nach Schweden
- **A** ☐ und verbringt dort seinen Urlaub mit seiner Frau Lydia.
- **B** ☐ , wo er sein neues Buch schreiben will.
- **C** ☐ und verbringt dort einige Wochen mit seiner Geliebten Lydia.

2 Lydia und der Erzähler wohnen
- **A** ☐ in einem Schloss.
- **B** ☐ in einer Wohnung in der Nähe des Kinderheims.
- **C** ☐ in einem Hotel in Mariefred.

3 Die beiden bekommen Besuch
- **A** ☐ von Karlchen und Jakopp.
- **B** ☐ von Billie und Karlchen.
- **C** ☐ von Frau Adriani und Karlchen.

4 Für den Erzähler ist der Aufenthalt in Schweden
- **A** ☐ sehr harmonisch.
- **B** ☐ erholsam, aber zu lang.
- **C** ☐ langweilig.

5 Ada ist
- **A** ☐ Lydias Nichte, die in Schweden Urlaub macht.
- **B** ☐ ein Mädchen, dem Lydia und der Erzähler helfen.
- **C** ☐ ist ein Mädchen, das von zu Hause wegläuft.

6 Der Erzähler und Lydia
- **A** ☐ nehmen Ada mit, als sie aus Schweden abreisen.
- **B** ☐ verabschieden sich von Ada und fahren zurück nach Deutschland.
- **C** ☐ streiten mit Frau Adriani, weil sie Geld von Adas Mutter will.

7 Der Erzähler
- **A** ☐ will im nächsten Jahr wieder nach Schloss Gripsholm kommen.
- **B** ☐ freut sich schon, bald wieder zu Hause in Berlin zu sein.
- **C** ☐ überlegt, wie das Leben in Schloss Gripsholm sein könnte.

SYLLABUS

Europäischer Referenzrahmen - Niveaustufe A2

Themen
Liebe
Freundschaft
Gesellschaft, Politik
Unterdrückung

Grammatik
Modalverben
Fragewörter
Adjektivdeklination
Satzverbindungen (Hauptsatz und Hauptsatz, Hauptsatz und Nebensatz)
Präsens, Perfekt, Präteritum
Syntax
Verneinung
Personalpronomen
Präpositionen

Sprechen
von sich erzählen (Freundschaft, Urlaub)

Leseverständnis
Lektüre, Informationsschild, Blog

ERWACHSENE ELI LEKTÜREN

NIVEAU 1 Emanuel Schikaneder, *Die Zauberflöte*

NIVEAU 2 Joseph Roth, *Die Kapuzinergruft*
Joseph von Eichendorff, *Aus dem Leben eines Taugenichts*
Theodor Fontane, *Effi Briest*
Anselm von Feuerbach, *Kaspar Hauser*
Rainer Maria Rilke, *Die Aufzeichnungen des Malte Laudris Brigge*
Gottfried Keller, *Kleider machen Leute*
Kurt Tucholsky, *Schloss Gripsholm – Eine Sommergeschichte*

NIVEAU 3 J. W. von Goethe, *Die Leiden des jungen Werther*
Franz Kafka, *Die Verwandlung*
Georg Büchner, *Woyzeck*
Friedrich Schiller, *Die Räuber*
Stefan Zweig, *Die Welt von Gestern – Erinnerungen eines Europäers*